U0565557

忽如归

历史激流中的
一个台湾家庭

戴小华 著

上海三联书店

母亲回秀真和父亲戴克英

全家福

前排左起：母亲回秀真、父亲戴克英、邓叔叔（勤务兵）、
万叔叔（勤务兵）。后排左起：戴华光、戴小华、戴国光

戴华光

左起：刘国基、戴国光、赖明烈、蔡裕荣

各界人士声援戴华光

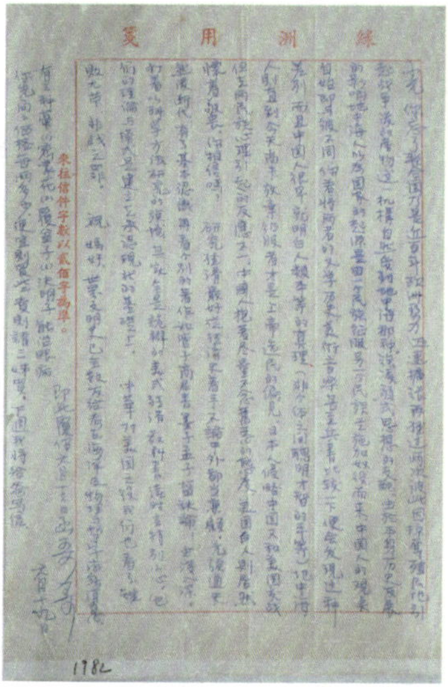

綠洲用箋

來往信件字數以貳佰字為準。

1982

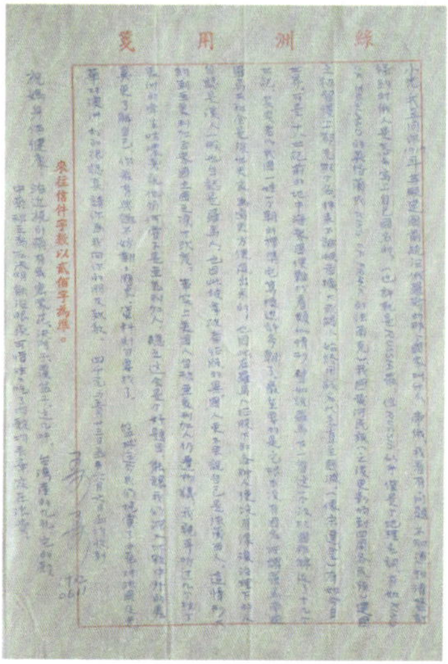

綠洲用箋

來往信件字數以貳佰字為準。

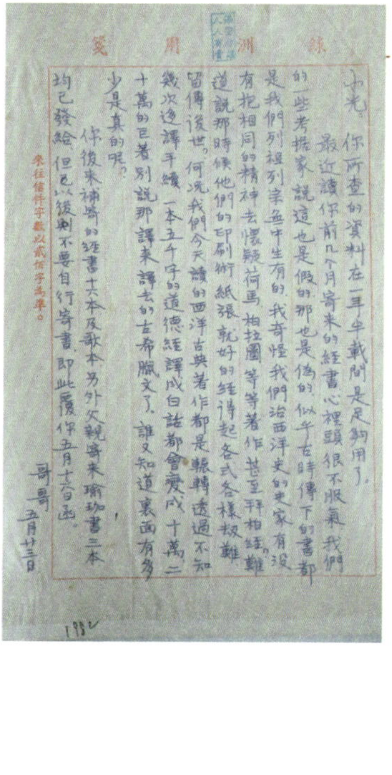

綠洲用箋

小光：

你所查的資料在一年半載間是足夠用了。

最近讀你前几个月寄來的經書心裡頭很不服氣我們的一些考據家說這也是假的那也是偽的，似乎古時傳下的書都是我們列祖列宗無中生有的。我奇怪我們治西洋史的史家有沒有抱相同的精神去懷疑荷馬、柏拉圖等等著作甚至拜柏經？難道說那時候他們的印刷術紙張就好的經得起各式各樣劫難留傳後世？何况我們今天讀的西洋古典著作都是輾轉透過不知幾次迻譯手續，一本五千字的道德經譯成白話都會變成十萬二十萬的巨著，別說那譯來譯去的古希臘文了，誰又知道裏面有多少是真的呢？

你後來補寄的經書十六本及歌本，另外父親寄來瑜珈書二本均已發給，但已以後則不要自行寄書。即此覆你五月十六日函。

哥哥

五月廿三日

來往信件字數以貳佰字為準。

1982

戴华光狱中所写书信

綠　洲　用　箋

絕食血書

一本定三月廿二日為回年業所發，刘國基退家辜義而向貴監，遂束絨准見還，刘君居要期間，忍人也！
徽長副監旅長主任等宜責竟年上囘喵脆，真天下第一

二刘君依漾请願，詞懇意切北諌爭合枝益，貴監竟遭忘省人不顧，欲置他於死地而後快，鉤増思之氣竟殃及貴監福囚病歷可掐。果其欲，今(三月廿四)早刘君竟氣竟殃已復歷了。

三如花囚業，難友及人道立揚，為秋他命垧笑捨已命，回此本人令人切齿心寒。

堅決自三月廿五囘起与限期絕食，以竟見志。

四為諸老年難友白雅燦絕食期間，居心不正者詭傳白居偷喵

來往信件字數以本個字為限。

綠　洲　用　箋

牛奶肉乾以諸黃救治犯人投之下流技倆，害人將臻先虏内行有食品(思秋洛病之實腸药及杂料維化命九)，诗貴監派党清黑、對存，並欢迎随时點檢，以志視聽。

如有助刘君，而願盖祥律往後写有政治犯之含谈，枝益及人病於萬而亮待其師，則本人將含笑九条矣！

此玫
绿島國防監獄

政治犯　赖明烈　具

公元一九八五，三，廿四，寫於火燒島

來往信件字數以本個字為限。

赖明烈狱中所写请愿书，"血"字与签名均用鲜血书写

各界媒体对"戴华光案"的报道

沧州铁狮子

左起：刘桂茂、戴小华、回秀真、王蒙、戴华光、柳溪、孙汝舟

（1997年11月）

柳溪、王蒙、戴小华三人故乡行

王蒙与戴小华

陈映真与戴小华

《当代马华文存》推介礼（2001年9月）

马华文学大系推介礼暨王蒙讲座会（2004年5月）

沧州戴庄子清真寺

沧州戴庄子中心小学

2005.09.23

父亲殡礼时（2005年9月）

为父母送殡的亲友村民（2005年9月）

献给

戴克英　回秀真

弃身锋刃端，性命安可怀。

父母且不顾，何言子与妻。

名编壮士籍，不得中顾私。

捐躯赴国难，视死忽如归。

——曹植《白马篇》

目录

序

王蒙

　　读罢此书，心情久久不能平静，我相信小华写它时更是内心激荡。家园，对于她来说，是故土，是亲人，是国家，是心灵的归宿。梦里家园，更加深情乃至带几分悲怆了。

　　这本书，让我重新认识了一段历史，一个老乡，一个家庭，一个友人。

　　一段历史。今天的两岸关系，来之多么不易！小华的大弟戴华光，是上世纪七十年代台湾著名的"人民解放阵线案"（又称"戴华光案件"）的主角。他曾因从事"宣传和平统一，避免民族分裂"的活动，而被台湾当局判处无期徒刑！据台湾"法务部"的报告显示，在长达38年的戒严令期间，台湾有14万"白色恐怖"的牺牲者。可以想见，在这段漫长的岁月中，多少父母亲人流泪忍痛，多少家庭破碎解体，多少有识之士奔走呼吁。这段惨痛的历史，正如小华所说："'爱国'在那个时代是个很痛苦的词。"说时太沉重，但是我们难道不该记取吗？

　　一个老乡。我是河北沧州南皮县人，与小华是老乡。认识她多年，零零星星从她口中得知一些她的身世，但从没有像这次，了解得这么全面。小华是一个非常重乡情的人。家乡落后，她从不嫌弃，乡亲们土，她也不见外。她在家乡做过许多善事。干起事来，特别认真。提到两岸关系，她总是旗帜鲜明地拥护统一，乐见人民幸福。所以她在母亲遗体回葬故土遇到困难时，才得到了祖国大陆那么多人的帮助和支持，简直可以说是创造了闻所未闻的"奇迹"！

一个友人。早在二十五年前，首次在天津的一家比较一般的旅舍的前厅，我见到了小华。她鹤立鸡群，风采卓越，同时她说说笑笑，健康明朗，与大陆各行各业的人士接触起来毫无隔阂。后来有一次我们加上柳溪共回故乡沧州，交流起来也方便得很。现在终于明白了，她是以对待梦里家园的态度对待大陆的。她过去是现在也是中华的女儿！

一个家庭。古人云：燕赵多慷慨悲歌之士。小华的大弟戴华光就是一位慷慨悲歌之士。他性格刚烈，以天下为己任，曾是搅动台湾社会的一个先锋分子。他在绿岛监牢中受难逾十年，身为无期徒刑政治犯，在狱中还打抱不平，曾两次踢破监门，多次被关入逼仄阴湿黑牢。他的身体一度损害到了死亡的边缘，给家人写下了绝命书。在忍受身心迫害多年后，他回到河北沧州故土，小本经营，安定美满，依然乐善好施。我深深地祝福他！

从小华和他的大弟华光身上，我看到这个家庭的性格。父母一生虽然聚少离多，但对孩子的影响，却是积极正面的，是助人为乐,是仁爱众生,这也是为什么他们能够培养出这样的儿女。尤其是小华对母亲的描写,深深打动了我。她在丈夫多年无音信、儿子生死未卜的日子里,终日煎熬,以泪洗面,却始终坚强、善良,担起了全家的重担,令人感佩!

好人好报。祝贺小华的《忽如归》(原书名:梦回家园)出版,请作者接受家园的父老兄弟姊妹的欢迎与祝福!

2016 年 6 月 2 日

1999 年盛夏，正值台海危机一触即发的关键时刻，我居然完成了一件连自己都不敢相信能够完成的艰巨任务。

第一章　艰巨任务

那年的 8 月 1 日，我刚结束"1999 年马来西亚华文作家访华团"的行程，隔天一早，天津国旅的刘副总特意到北京接我前往父母的家乡——河北沧州。

由于这几年为天津的旅游业做了些许贡献，天津旅游局特别礼聘我为顾问。这次知道我要回乡处理事情，刘副总非常热心，为我提供尽可能的方便。

到达沧州时已近中午。我们先到大弟在家乡开的西点蛋糕店稍事休息，再去用餐。

店里的张经理吩咐店员给我们和开车的师傅准备点心和茶水后，就拉着刘副总到一旁窃窃私语，神情甚是古怪。

我不由得心生疑窦，什么事要瞒着我？难道发生什么事了？寻思了半天，越觉不对劲——这两个人第一次见面，能有什么私事可聊？

"发生什么事了？"我实在忍不住说出了心中的疑虑。

刘副总欲言又止,转过头对张经理说:"还是你说吧!反正这事瞒不住的。"

张经理想想也对,最后一咬牙说:"刚刚台湾那边打来电话,说你妈过世了。我看,你现在赶紧打个电话回去吧……"

轰的一声!我的脑袋像被炸开了!瞬间觉得天旋地转,好一会儿,我才回过神来!

我马上到楼上办公室拨电话到台北家中。电话很快接通。

"妈妈今早已经过世,打你的手机老是没有信号……我们也一直联系不到爸爸。你赶快回来吧!"

大姐的话证实了刚才的消息,我心中一酸,霎时泪流满面。

大姐接着说:"台湾医院这边说,妈妈的遗体恐怕无法运回大陆安葬,除非先火化后,再把骨灰带回去。"

"绝不可以!"我一下子喊了出来,"妈妈曾经说过千万不能用火烧她!"

因我清楚记得每次陪母亲看电视剧时,如有火葬的镜头,她就说:"如果哪天我走了,你们千万不能用火烧我啊!"

"那你赶快回来,我已通知了北京的小弟,等你们回来,我们先在台湾选块坟地,将母亲安葬好了再商量其他事情吧……"

大姐的话让我心乱如麻。

大家已没心情去用餐,张经理赶紧准备了些面包糕点和饮料让我们带着上路,我们立刻原车返回天津。

一路上,刘总忙着为我安排当晚在天津留宿的酒店,并为我订好了自天津到香港再转机到台北的机票,我则想着有何办法能将母亲的遗体自台北带回她的家乡安葬。

这时,脑海里一直浮现着我在 1992 年春天陪年迈的母亲回家乡扫墓时,她哭着跪倒在她父母的坟前,一直念叨:"女儿不孝,从来没有尽过一天做女儿的孝道。从今以后,我会常来看望您们,死后也会永远守护在您们身边。"

这一幕深深地印在了我的脑海中。

之后,母亲就决定留在家乡居住。直到去年身体每况愈下,为了出售台北的房产,这才回到台湾。原打算处理完事情,就落叶归根与亲人团聚。没想到,回台后,一场感冒居然令她呼吸困难,心脏病发,进了加护病房。

大弟接到消息,顾不上他在家乡经营的西点糕饼店和他怀孕不久的妻子,急忙返台。一去就已半年之久。母亲不放心他那刚有起色的生意和快临盆的儿媳,老示意大弟回去,大弟特孝顺,坚拒不从。我就告诉母亲待我访问活动结束就去家乡一趟,母亲这才放心。然而,怎么也想不到母亲居然这么快就离开了!虽没留下只言片语,但我知道母亲是带着遗憾走的。

母亲已经忍受了这么多年的思乡之苦,如果,连她回家安葬的心愿都完成不了,不光是母亲的灵魂得不到安息,也将会成为我们心中永远的痛。

"无论如何,我一定要设法把母亲带回家乡安葬。"我在心中起誓。

但是如何将母亲的遗体从台湾带到大陆？哪个机构哪家公司办理这种业务？大陆的海关会让台胞的遗体入境吗？我一点头绪都没有。

再加上台湾"总统"李登辉刚在 1999 年 7 月 9 日接受德国之声采访时提出"两国论"，公然挑衅一个中国原则，让这件事情变得更加棘手了！

自从蒋经国宣布，台湾于 1987 年 7 月 15 日零时起解除"戒严"，隔绝长达 38 年的海峡两岸的同胞们终于可以见面了！

李登辉在蒋经国去世（1988 年 1 月 13 日）后继任台湾"总统"，于 2 月 23 日的首次记者会上还说"'中华民国'的'国策'，就是一个中国的政策"。此后他还多次公开表示："中国只有一个，应当统一，也必将统一。"

为了便于处理两岸事务，台湾地区于 1990 年 11 月 12 日成立了海峡交流基金会（简称"海基会"），国务院台办也推动于 1991 年 12 月 16 日成立海峡两岸关系协会（简称"海协会"），并在 1992 年 11 月达成"海峡两岸均坚持一个中国的原则，努力谋求国家的统一"的共识，简称"九二共识"。

1993 年 4 月 27 日至 30 日，海协会会长汪道涵和海基会董事长辜振甫在新加坡举行了历史性的、备受国际瞩目的第一次"汪辜会谈"，就加强两岸经济合作和科技、文化、青年、新闻等领域的交流进行了协商，签署了四项协议。

然而当东欧剧变，苏联解体，冷战结束，世界社会主义受到严重挫折，美国认为原来为牵制苏联而形成的中美关系的战略基础已不复存在，继续发展的中国将成为美国强有力的潜在敌人，因而加紧对中国进行分化与西化，包括利用台湾问题对中国进行牵制时，台湾那些鼓吹台独的势力就趁机利用国际形势的变化，配合西方反华势力的图谋，进行分裂两岸和平统一的活动。

于是在李登辉的主导下，台湾在政治上力图通过"修宪"建立与制造"两个中国"相适应的政治体系；在国际上，自1993年以来，连年推动所谓"参与联合国"活动，甚至提出要以10亿美元购买进入联合国的"门票"，使台湾能获得"独立的国际人格"；在军事上，大量向境外购买先进武器，谋求加入美日筹建的战区导弹防御系统，以组成某种形式的军事同盟；在思想文化上，鼓吹"台湾生命共同体"，推动"本土教育改革"，修改教科书，图谋割断两岸人民的思想和精神文化纽带。

1999年初，美国"误炸"中国驻南斯拉夫大使馆，中美关系陷入低潮，李登辉认为这是最好的时机，于是呼应国际反华势力掀起反华浪潮，提出了"两国论"。

这就使得本已渐趋佳境的两岸关系，一下子又降至冰点。

因而，在1998年10月海基会董事长辜振甫到大陆访问时，邀请海协会会长汪道涵于1999年秋天访台的共识，也因李登辉提出的"两国论"搁置了！

中国人民解放军在1999年7月31日举行建军七十二周年纪念活动时，中央军委副主席迟浩田上将在庆祝会上强调"中国人民解放军严阵以待,时刻准备捍卫祖国的主权和领土完整,坚决粉碎任何分裂祖国的图谋",并预备在台湾外海军演。

处于这种随时可能一触即发的台海危机中,我竟妄想将母亲的遗体自台湾带回她的家乡,简直是不可能完成的任务。

可是,再难,我也一定要试。毕竟那是母亲朝思暮想的梦,一直想要圆的回乡梦。

整晚,我辗转反侧难以入眠,思绪一下子回到从前。脑海中一幕幕的往事闪现在眼前……让我又触及了那些隐藏在内心深处许久的痛。

第二章　家世乡情

我的母亲回秀真,河北沧州青县人,她的父亲回承瑞,育有二男一女,母亲居中。我的姥爷凭着媒妁之言,将母亲许配给同县戴庄子的第一大户戴得权的第四子克英。当时,戴家有土地3180亩,房屋分上下两院共18间,完全是俗称里生外熟的土砖房。大部分是曾祖父凤诏留给他的独子得权的产业。父亲就出生在这个地主家庭里。

1992年我陪母亲返乡,听大伯克明的儿子春波告诉我,曾祖母在世时经常提醒孙辈们说:"你太爷挣下这份家业可不容易啊!"一辈子舍不得吃,舍不得花,一年到头的当家饭,就是老盐、咸菜、窝窝头。每到夏天就赤脚裸背,脚底磨出厚厚的茧。下地干活时,蒺藜之类的东西扎上,就一抹了之。自己做的一双纳帮鞋,一穿就是几年,一辈子没穿过铺鞋(店铺卖的鞋)。外出赶集时,肩上搭了个钱叉子,里面披上个窝窝头,就是这样省吃俭用积年累月地过着苦日子,为了子孙后代,将积攒下的钱,认准一条路——买地,买地。

因此之故,曾祖父至1927年病逝时,已成戴庄子首户财主。

我的爷爷戴得权生于清朝光绪十二年(1886),1966 年殁,享年八十岁。娶妻马氏,史庄子人,她共生育六男三女。父亲有三个哥哥,两个弟弟。

由于当时的封建社会里女儿在家谱上不被排位,故三个姑姑的生平和姓名都不详,只知她们分别嫁到马桥、唐官屯、青县。

1990 年 4 月 10 日,在马来西亚与中国民间还不能自由往来时,我独得机缘,被官方批准成为第一位能公开正式访问中国的"文化使者"。

这次的破冰之旅,我除了受邀到暨南大学和南京大学演讲交流外,还特别去探望了在北京养病的二伯。

当时的情景至今历历在目。

那天,二伯的儿子春桐到我下榻的酒店接我去到一条狭巷中的古旧公寓内。一进门,一群人蜂拥而上。我赶紧把带来的礼物和钱塞给他们,但个个都不肯收。

这时,一个穿着灰蓝色中山装,像北方乡野上习见的老农般的人,以充满柔和爱怜的语气说:"只要你回来就成了,你留着钱路上用,舅父自己有。"

噢!原来他是母亲的哥哥。

这时,前厅兼卧室的房里传来一声喑哑的嗓音:"是华儿来了呀!"

我快步进房,见到二伯弓着瘦薄的身子坐在床上,他已半瘫。

我紧紧握住他干瘦如枯枝的手。所有的思念,倏忽浓缩在这一刹那之间。

他沧桑的眼里,满溢着如潮涌般的惊喜,接着又泛起一片晶莹的泪光,对着我说一句,哭一声:"你要常回来啊!所谓五年六月七日八时,也就是说:过了五十的人,是一年一年地算日子。过了六十的人,是一个月一个月地算日子。过了七十的人,是一天一天地算日子。我都八十了!要一时一时算日子了,也许上个时辰还在,下个时辰就不在了!"

我能说什么呢?只有点头。可他知道否,马来西亚虽然在1974年与中国建交,但因马共的问题尚未解决,两国人民还不能自由往来(1990年9月解禁),所以,能不能来却由不得我自己呀!

告辞时,已经11点。

堂嫂把我拉到一旁,塞给我一袋土产,舅父又掏出钱给我,我硬推了回去。忽然,他抖抖颤颤地递给我四个细瓷碗。

堂哥说:"这四个碗可是你舅父从沧州坐了一天一夜的车,一路捧着过来的,平时他舍不得用,现在全给你了!"

这是他最好的东西,我知道这一定是。

而我的一点温情,怎堪这样的全心全意!

我强忍住泪,走到巷口,街上根本没有车。

堂哥说:"三妹,如果你不嫌弃的话,我就踩板车送你回去。"

这板车原本是装菜用的,堂哥在板车上放了一张小板凳,我坐了上去。

夜，是如此寂静而凄冷，偶尔的几处灯火也显得异常孤单。这寂静使我可以清晰地听见堂哥用力踩踏的声音。

路上，他为我讲述老家的经历，从当初的繁盛到沉黯……

戴氏在明清沧州"戴刘昌王，于迟孙庞"八大家族中居于龙头地位。

至于沧州戴氏的由来，据咸丰二年（1852）重镌的《沧州戴氏族谱》记载：沧州戴氏始祖戴荣，先世浙江绍兴余姚县人，初迁直隶景州（今北京），后至山西洪桐县。

元末明初，河北、山东、河南、北京、陕西、江苏、湖北及安徽一带，由于连年战乱，人口锐减，土地荒芜，与此同时，山西却是社会安定，经济繁荣，人丁兴盛的景象。

明洪武初年，山西人口已达四百余万。所以，明朝为了巩固政权和发展经济，从洪武元年至永乐十五年（公元 1417—1468年）五十余年间组织了十八次大规模的移民。洪桐是当时人口最多的县，那里有一座广济寺，寺旁有一棵大槐树，寺院宏大，殿宇巍峨，僧侣众多，香客不绝。明朝政府在广济寺设局驻员集中办理移民，大槐树下就成为移民惜别家乡的标志。而我们戴家就是在明永乐年间迁大户充基辅时到了沧州。

堂哥接着说："其实那时的移民大多数是被逼的，因为谁也不想离乡背井。长辈为了让孩子们记住自己的祖籍，在每人脚上的小趾甲上切一刀为记。所以至今大槐树的后裔的小趾甲都是复形（两瓣）。'谁是古槐迁来人，脱鞋小趾验甲形'，不信，你自己验证下。"

我赶紧脱了鞋低头查看，果真是两瓣。

接着，他又和我说起在春波堂哥的记载中，自抗日战争后戴家的变迁……

1937年，日寇已占据了整个东北，进而进犯华北。传言鬼子来了，奸淫烧杀，鸡狗不剩。

乡亲们吃不安，睡不宁，惶惶不可终日。有不少人家竟忍痛宰杀了自养的牛羊鸡鸭，坐以待毙，免遭祸殃。就是这年的春季二月间，在津浦铁路警务段任职的大伯克明来家，想带全家南迁。一经商议，祖父母说什么也不愿离开这个家，说："我们这么大年纪啦，死也死在家里吧！不能将这把老骨头扔在外头啊！"

唉！作为老人，故土难离，亲人难舍，这是人之常情。

于是，大伯就带着三伯、父亲和大伯唯一的八岁的儿子春波，还有两位亲友，含泪告别了老人，告别了亲人，依依不舍地踏上了南下的征程。

此行去哪儿？不得而知。从沧州乘上南行的火车，路经济南直到终站——张夏。

下车后，大伯率大家去了站下一个叫红石岭村的小山村。在户主叫王殿畿的人家安了家。

大伯同家人们在一起住了两天，生活安排妥当，向房东托付了一番，就告别了家人。从此，偶尔回来看看就匆匆又走啦！然而，万万没想到，大伯这次的离别，竟成为亲人的永别。

原来大伯十五岁时即献身党国，曾于庐山军官训练团接受训练，1937年去了南京参加抗日战争，随后调职任津浦铁路警务段大队长。就在1937年11月15日，连同国民党其他军政要员乘坐军用铁甲车，沿津浦线北上探听抗战军情时，未料行至济南附近，原国民党某军军长兼山东省主席韩复渠部奉命驻守的泺河大桥上，突然遭到已经占据大桥北岸的日军炮火轰击。车被击毁，翻入浪涛滚滚的黄河中，车上所有人员全部殉难，尸首无一寻还。

大伯就这么走了，永远地走了！全家失去了亲人，失去了靠山，又在他乡，举目无亲，别无他路，只能返回老家。

当时，铁路已被日寇扒堤放水冲毁。他们怀恨含泪，只好辗转青岛，搭轮船奔往天津，回到了老家。1945年日寇无条件投降，国民党南京政府追认大伯为烈士，并发放抚恤金。

自从"七七事变"后，日本鬼子和汉奸在周边村三里地一个岗楼，五里地一个据点。讨伐队天天不断，今天于部队来抢粮，明天刘部队来逼款。今天一亩地两块，明天一亩地五块，真是苛捐杂税，多如牛毛。稍有怠慢，就会遭到吊打酷刑，甚至惹来"通共之嫌"，被五花大绑押回据点。

一次，木门店汉奸来村讨伐，闯进爷爷家，以抗税的罪名将爷爷绑在院子里的一棵树上鞭打，后又轧杠子、灌凉水，最后还押回据点。后来二伯求亲告友凑足钱，再乞求"官面"人，方才赎回。

在那个年代,人们真是叫苦连天,惶惶不可终日。

兵乱如此,又加天灾。二大伯心地特别善良,村里面任何有困难的人来找他,或者他得知谁有困难,便会大半夜偷自家仓库仅存不多的粮食去救济别人。当时的农村基本上要用粮食换东西,少有现金交易,我家是戴庄子村的头等户,院子里当然有专门存放粮食的库房。

二大伯不愿让爷爷知道,并非意谓我爷爷吝啬。小时曾听母亲说:每到农忙,我爷爷总叫家人将闲着的驴、骡或马拴在家门口,供村里需要的人免费牵去使唤。因此,我想我爷爷不可能不知道我二大伯干的"好事",只是世道艰难,人活着都不容易,心一软,睁一只眼闭一只眼算了。

那是大约在1939年,天大旱,地里颗粒不获。像爷爷这样的财主,生活也遭到困难,只好变卖家产度日。三伯携眷,外加六伯和父亲,无可奈何去了济南,投奔在省民政厅供职的族家戴得佳。在他的大力协助下,三伯去了盐务队,父亲留在民政厅工作。六伯因年龄还小,就去了山东益都(今山东青州)日本兵营当小仆役,既方便刺探消息,还能不时冒险偷些日军军粮贴补家里。

1941年至1943年间,爷爷在村里一位中共地下党员王老师的劝说下,捐出了3100亩地,分给了村里的抗日群众,另外还捐了四间南房成立学校。剩下的80亩地,解放后由于"土改",也都分给了村民。

也就因为家乡亲人早年的乐善好施,当大弟在1988年年底陪母亲到北京看望二大伯时，他还颇自豪地说："'文化大革命'时，我被红卫兵拉着站在台上，当着家乡村人面前，等着被人批斗，然而，大半天就等不到一个乡亲出来说我一句不是！"

日本投降后，父亲奉父母之命，回到青县老家和母亲结婚。

曾听母亲说，婚前从未见过父亲，只知未来的公公是光头，担心父亲也是秃头，心里不太愿意。父亲当时也没见过母亲，然父母命不敢违，只好回来，但在成亲前特地偷偷去看了母亲。

父亲躲在母亲家院子前不远的一棵大树后，等了约莫一个时辰的光景，见到一位高挑的姑娘自屋内走出，乌黑油亮的头发绑着两条粗粗的大辫子，白皙的脸蛋上一双如泉水般纯净的大眼睛，红润丰厚的嘴唇，好像两片带露的花瓣。

只见母亲坐在院子里的木板凳上，用手扯下辫子上的扎带，披散的头发像一道小瀑布洒在她的肩上，起伏闪亮。

她用一只手把一绺头发兜起来，另一只手拿着把木梳，梳进厚厚的发绺里。她的眼神含蓄着柔和的光亮，朦朦胧胧，微凹的嘴角边，隐约挂着一丝儿笑意。父亲只是怔怔地瞅着，直到见有人从屋里出来，才赶紧离开。

我们姐妹笑着问父亲，如果偷看了母亲后不满意，是否准备逃婚？父亲只是笑而不答。

接着我们又追问母亲看到父亲第一眼的感觉。

母亲说，在新婚那晚，当父亲揭开她头盖的那一刹那，心跳得很，根本不敢抬头看父亲，只是用眼角余光看父亲是不是秃子。

当看到父亲一头浓密的卷发时,心就踏实了!

我们不依,继续"逼供"。母亲被我们逼得只好承认,她真没想到居然凭媒妁之言就嫁了个长相这么俊的丈夫。

虽然父亲年轻时没拍过照片,但凭仅存的几张中年时的旧照片,也能看出父亲确实英俊:在他轮廓分明的长方脸盘上,有着一对乌光闪闪的眼睛;挺直的鼻梁竖立在两道微微上扬的浓眉中间;一头鬈曲浓密的褐发,配上那套笔挺的美式军装,如再加上一副墨镜,真有些像饰演飞虎将军的美国明星格里高利·派克。

我们就促狭地对母亲说:"哈哈!看到父亲的第一眼是不是觉得自己赚到了?!"

"哎哟!帅又不能当饭吃!自从嫁给你爸,就跟着他东奔西跑,最后居然跑到台湾,没亲没故的,真受了不少罪啊!"

"天天对着帅哥,受罪都值啊!"我们继续调侃母亲。

"你们这几个姑奶奶,就只会拿你妈寻开心!"母亲嘴里虽骂着我们,但可以感觉到她还是快乐的。

话再说回头——

日本投降后,山东省政府为国民党接收,三伯、父亲及六叔自然又开始为蒋介石的山东省省政府工作了。1948年9月7日,三伯在部队从江苏徐州移防到江苏镇江的路上因车祸离世,尸体埋在了镇江。之后,六叔带着三娘、母亲和春波、大姐等人,从上海搭船北上,回到了天津。此时天津尚由国民党的部队控制着(天津于1949年1月15日解放)。母亲和三娘的娘家在天津北辰区天穆村。

在天津,一家人包括爷爷、奶奶、姥姥、二舅、老舅等人,在一起作了短暂的相聚。之后,春波被大娘苦苦哀求留了下来。六伯又带着母亲及大姐重新上路,在海河搭船回到上海,找到父亲驻扎在镇江的部队。

1948 年 11 月 6 日,淮海战役爆发(也就是徐蚌会战)。大战的地点主要在淮河以北。父亲和六叔所在的部队因驻扎在长江以南的镇江,因而没有参与战斗。这也是他们后来能顺利随着部队渡海到台湾的原因。五叔因从小离家至热河学经,学完经去了鞍山,没跟哥哥与弟弟们"转进"台湾。二姐就在临去台湾前出生。记得母亲说过在大姐之前还有一个哥哥,但出生不久便夭折了。

1949 年大陆解放的时候,母亲跟随在国民党中任职的父亲,从上海登上了大陆开往台湾的最后一班船,漂洋过海到了台湾。很快,台湾方面就颁布了戒严令,宣布台湾处于战时动员状态,实行军事管制。从此,父亲母亲和家乡的亲人就被那湾浅浅的海峡隔离了!

第三章　板桥旧事

到了台湾，父亲的六弟因时常惦记着老家的亲爹、亲娘，郁郁寡欢，没几年就病死在花莲。母亲在台湾也陆续生下了我和两个弟弟。听母亲说，我们姐弟五人都是在家里出生的。直到母亲过世，我去三亚探望父亲时，他才跟我说，我们姐弟身份证上的出生日期都不正确。

因为当年他跟着国民党来台湾，为了不连累家乡的亲人，刻意改了自己的出生日期、名字和籍贯。此外，当国民党政府开始在台湾设户籍制时，国军官兵则是由军方自行设置"国军户口普查组"。当时国民党一心想"反攻大陆"，为了避免军人待遇好、生活舒适就不想打仗，所以，一般待遇都不高。虽然军人薪资不高，但必须考虑在生活上照顾好他们，于是通过地方行政体系对中高层军官实施实物配给，凡大陆来台有家眷的现职军官都可申请。于是，有些中高层军官为了能让孩子早点领到大口粮，便将孩子的年龄报大，父亲也不例外。父亲在台湾时不便说，现在，时隔已久，他也忘了我们确切的出生日期。

难怪那时，我们虽没有多余的钱花，但吃的用的倒是不虞匮乏。

记得当时的台湾相当穷困(直到 1978 年蒋经国决定推动十大建设,台湾经济才得以腾飞),乞丐很多。每当有乞丐来我们那条街上要饭,街坊邻居知道我们粮食多,就都指向我们家。

让我印象最深刻的一个乞丐,是个瞎子。

那是一个星期天的上午,约莫 11 点,妈妈正在厨房蒸着包子和馒头。巷外传来一声声"叩""叩"的声音。我们姐妹仨以为父亲回来了,兴奋地跑到门外看,原来是邻居领了一位衣衫褴褛的瞎子到我们家。

我们三个将他扶进了院子里,大姐端了张椅子让他坐下,二姐捧了杯水给他喝,我冲进厨房告诉母亲又来乞丐了!

母亲赶紧准备好丰盛的菜和馒头端出来给他吃,我们三姐妹就守在一旁看着他吃。非常快乐!

因为父母远离家乡,在台湾没有亲朋好友,家里很少来客,所以一有乞丐上门,我们三姐妹就很兴奋,母亲有时笑骂我们得了"人来疯"。再说,母亲早期的菜实在做得难吃,经常让我们食不下咽,可是,看着那些乞丐吃得那么开心,往往也能令我们食欲大振。

每当他们吃完,母亲还会装满一袋馒头和肉包子给他们带上。

有些乞丐,并不喜欢我们只是提供吃的,还希望我们给钱,但是母亲经常阮囊羞涩,哪有多余的钱接济他们。所以,慢慢地,乞丐也就来得不多了！

但这位瞎子乞丐不一样，他很有礼貌，离去时，总是深深鞠躬称谢，也不会因为我们给他吃的就每天来，总是在每个星期天上午11点左右到。于是，每逢星期天这个时候，就成了我们和他"约会"的时间，也是我最期待的时刻。

这样的"约会"持续了三年……

后来，父亲工作的单位"国防部"分配房子，我们从板桥搬到了台北。

那是位于台北市民权东路的一座双层排屋，大门前后还有个小花园。由于孩子多，房间不够，父亲将花园改建成房间。

那段日子应该是母亲到台湾后过得最安稳快乐的一段时光。父亲每天做公家的交通车回家，我们也经常在巷口等着，因为他总会带些好吃的东西回来。而且我们也喜欢看父亲穿着军装英姿飒爽潇洒帅气一路走向我们的样子。

由于刚搬到新环境，既不熟悉，事情又多，也就将星期天的约会给忘了！过了几个月，我们才想起，然而母亲不认路，我们又小，自己不会搭车，也就都搁下了！

一年后，总算有个机会，父亲要去板桥办事，我们特意跟着，顺便到旧居看看。

刚走到巷口，一位阿婆就赶紧前来告诉我们说："啊哟！么休啊！你们怎么现在才回来！"

国民政府到台湾时严厉推行国语，不许说方言。这位阿婆也想跟着大家学说普通话,但毕竟年纪大了,想完全改掉口音也不容易,故她和我们说话时总会掺着闽南语。

她接着又说:"那个每个星期天都到你们家做客的瞎子乞丐,你们搬走后,还是一直来,我们告诉他,你们搬走了,叫他免来了。可是他不信,还是相款时间来,来了就站在你们家门口,一直站到12点才离开。"

另外一个年轻的阿姨接着说:"哎!看着他孤苦伶仃的一个人站在那里好可怜!有时,我们实在不忍心,拿点吃的给他,他都不要。次次他都是流着泪离开的!"

母亲赶紧问她们:"你们有留下他的地址吗?"

"哪有可能?"阿婆答。

"那……他有留下地址给你们吗?"母亲追问。

她们全摇头。

返回台北的路上,母亲一直后悔当初没留下这位瞎子伯伯的地址。而我们搬得匆忙,也没留下地址给邻居。

直到现在,每当想起,仍觉得难受。

随着父亲工作的调动,我们从台中、汐止搬到板桥,而我儿时的记忆几乎都从这里开始……

在板桥,我们住在一个三合院的房子里,这房子的主人是当时台湾的首富林家。由于许多人从大陆退守台湾,那时,只要有空的房子,就会被占用,屋主也无可奈何。

我们住的那条街上,只有我们一家是从大陆来的,也就是台湾人嘴里的"外省人"。

由于语言不通，再加上1947年"二·二八事件"的阴影，当时的本省人相当憎恨外省人。

母亲，一个深宅大院的千金，随着父亲来台，没一个亲人在身边。父亲跟着公家单位经常跑动，母亲守着五个孩子，不得不忍受邻人的无理。有时，我们被邻人欺负，回来哭诉，母亲总是忍气吞声，语音哽咽地说着："等我们回大陆后，你们就不会再被欺负了。家乡的爷爷奶奶、姥爷姥姥、舅舅叔伯们，一定会好好疼你们的。"

但有一次，母亲真正发火了！

那天，我和大弟在外面踢球玩，一不小心，大弟把球踢进了邻居的屋内，哗啦一声，不知什么东西破了！屋内的女主人怒气冲冲地跑出来，二话不说，抓起大弟就往前一抛。大弟的身子飞了出去，一头撞在石阶上，先听到一声哭，然后是我的一声惊喊："血！"我狂叫着母亲，踉踉跄跄一路奔回去。

母亲正做着饭，熄了炉火，马上冲出来，看到血流如注的大弟，一手抱起他，一手抓着我，快步奔向医院。医生帮大弟打了破伤风针，包扎好伤口，母亲将大弟托给住在林家花园内的一位外省籍阿姨，回家拿了把菜刀，就站在那个邻居的门口骂起来了。

我从未见过母亲如此愤怒，她全身战栗着，一张脸涨得通红。邻居知道过分了，吓得连门也不敢开。

奇怪的是，从那次之后，这条街上的人再也不敢欺负我们了。

那时母亲唯一的去处，就是林家花园，因为园内的亭台楼阁里住满了和母亲一样的天涯沦落人。每当他们说起家乡的亲人时，我就发现妈妈的手背抹过眼角，这动作，在我的记忆里经常反复着。而他们对亲人即使有着再多的牵肠挂肚，也只能看着几张过时的照片唏嘘一番。

父亲当时是"国防部总政治部"高级参谋，官拜上校，除了佐理党务工作，主要负责三民主义讲习班培训的工作。培训时期，父亲为了在工作上精益求精，经常连着几晚不睡。由于他的表现优异，原本已内定好他升任少将，事先获悉消息的少数同事及好友们已等着正式颁布那天就为他庆祝。没想到竟换了别人！事后得知，原来那人走了后门。这件事对父亲打击很大，让他颜面尽失，于是就提前办了退役。

父亲对钱一向没啥概念。这下，领了退役金，就和一位大陆来的朋友做起了生意。父亲出资，担任公司董事长，对方出力，担任总经理。父亲对生意完全是门外汉，所以公司的经营和财务都是对方管理，父亲只是到公司转转。对方见到父亲就阿谀奉承，鞠躬哈腰，董事长前、董事长后地叫着。就这样，父亲只过了没两年董事长的瘾，退役金就被对方连赔带骗地弄光了！不仅如此，还留给父亲一身债。

那时，大姐只好休学唱歌赚钱，帮忙养家还债。二姐去了不用交学费，还能给些津贴的政工干校女青年工作大队。

我为了继续学业，每逢假期就去参加各种大型比赛，赚取丰厚的奖金。大学期间,看到中国电视公司登报招聘节目主持人,每个月只要在星期天去电视台录影两次,做完四集的节目,既不影响学业,待遇又高,为了能半工半读,我就抱着试试看的心情去应聘,居然以第一名的成绩被录取。那时,每月赚取的主持费,足够交学费,还能贴补些家用。

临近毕业那年,为了能免费出境,增广见识又能赚取高薪,考进中华航空公司。

由于当时台湾实施戒严令,人民要想出境是一件难上加难的大事,事先不仅要经过层层关卡报核,还得出具有两位保证人担保的保证书,保证其思想没有问题以及期满一定回台。回台后还需向派出所报到,表示确已回来,没有逃掉,此时,为你背下重担,以身家性命为你作保的保证人才算松了一口气。因此,进航空公司工作,成为当时许多年轻人最向往的职业。由于僧多粥少,所以录取之前不仅要经过严格的考试和培训过程,身体检查也得过关,最重要的是还得经过"国家安全局"的调查,证明家世清白、政治思想绝无问题后,才能进入试用期。

试用期间都是飞岛内航班,一天起落好几次,次次我都吐得七荤八素,甚至连胆汁都吐出来了!每次当我躲进洗手间吐完出来,还得强装无事,露出笑容,继续服务,深怕通不过考核以至于前功尽弃。

当终于成为正式空服员,第一次飞国际航班时,公司对我们最严厉的要求就是不能留自己的联络号码给陌生人,也不能随便帮别人带东西（即使带也得先检查），更不能接受陌生人的邀请外出，以免被"匪"利用。

所以，许多人幻想能在飞机上和境外经历的浪漫奇遇，在我们当时被灌输"谍"影重重的防范意识下，根本不可能发生也无从发生。

那时，每当我有出行任务，如遇上雷雨天，母亲总是提心吊胆，赶紧跪地祈祷，保佑我平安归来。在我短短不到一年的服务期间，华航发生了一次空难事件，我自己也遇到一次紧急迫降，一次"诈弹"惊魂。于是，在有人催婚及这种恐惧的压力下，母亲再不舍，然更担心我发生意外，便也赶紧让我辞职结婚。

第四章　晴天霹雳

我在华航工作期间，大弟也刚完成中国海专的学业。在学校，他很活跃，除了参加学校游泳队，并通过台北市红十字会救生员训练成为合格的水上救生人员，同时还在学校创办了击剑社并担任第一任社长。这个社团曾当选为台湾第一届大专最优秀社团，之后又二度当选。随后出了不少国际比赛选手，连续称霸台湾剑坛十几年。

大弟由于英文优异，又通过了台湾"交通部观光局"导游人员的考核。但我鼓励他出境进修。因为在戒严时期的台湾，想要出境留学也非常困难，需要通过台湾"教育部"严格的一关又一关的考试，当然，也一定要家世清白，思想正确。总算他不负家人所望，通过留学考试，赴美研究国际政治。

没想到，这次的留学，完全颠覆了他过去对于国共历史的认知。他在学习过程中，私下翻阅了大量台湾的禁书。虽然他对所读到的书仍充满疑惑，但他确定知道，要想完成毕业论文，片面书写一定不能过关；反之，照他所读到的书写，又将不容于台湾当时的政权，甚至还会给家人带来灾难。

就在他出境八个月后的某天,我收到大弟的来信,说他可能要转学修读其他科系。我立即回信赞同他的想法,并赶紧给他汇去了五千美金。然而,两个月后,他还是退了学,在1976年6月9日回到了台湾。

那时我对他很失望,因为当母亲获悉他通过留学考试时是那么兴奋和激动,并且立刻骄傲地和她所有的好友及邻居分享。我体会得到母亲那种望子成龙的心理,毕竟她是位传统女性。

出境前,大弟已经有一个相当要好的女朋友。当初,女方家也对他寄予厚望,希望大弟学成荣归才成亲。怎知,他竟这么莫名其妙地回来,对方父母当然也对他相当不满。

不久,大弟找了一份待遇还不错的洋行工作,父母的心也就踏实了。只不过,心疼他工作辛苦,老是早出晚归,有时几天都照不上一个面。

1977年11月2日下午5点左右,母亲正在家里准备晚餐,突然响起一阵急促的敲门声,开门一看,见大弟的女友失魂落魄地跑来,惊慌失措地说:"戴妈妈,华光出事了,他昨晚好像被'警备总司令部'(简称'警总')的人抓了,现在不知道被关在哪里。"

母亲听了差点没吓晕过去,好一会儿才回过神来,气急败坏地问:"是真的吗? 是真的吗? 他到底犯什么事了?"

"应该是真的。不过,您放心,他死不了的!"说完她就哭着走了!

母亲一下子慌了神,儿子无缘无故地被抓,刚好父亲不在家,就赶紧致电大姐尽速联系大弟以求证。那时还没手机,大姐只能打到大弟办公室询问,公司告知大弟今天根本没来上班,也没请假。她再联系经常和大弟在一起的赖明烈和刘国基,他们一样都没去学校。接着,她几乎找遍了所有她知道的联系人,得到的答案都是:"不知道!"

下午,大姐陪母亲到警总询问,也没问出个所以然。直到深夜,父亲回到家,母亲疯了似的,抓着父亲的手哭喊着说:"你可回来了! 来福(大弟小名)被抓了! 现在不知道他人在哪儿。他到底犯了什么事? 现在到底在哪儿? 是生还是死? 你快去打听打听,他要是有个三长两短的,我也不想活了!"母亲大气没喘,一口气把话说完就泣不成声了!

这话倒是真的。

记得小时候听母亲和一些阿姨聊天时,曾这么说:连着生了三个女儿之后,压力很大,毕竟在自己的传统观念中,"不孝有三,无后为大",没儿子不行的。而且,还有个隐忧,就是丈夫长相英俊,经常有些为国殉难的军官的遗孀向他示好。可是由于丈夫经常出差在外,要想怀上身孕也不容易。

然而,即便如此,母亲还是怀了八次孕,不过,存活下来的只有五个。

第一胎是个儿子,在家乡生的,因脐带没消毒好,感染了破伤风,在月子期间就死了! 那时母亲年纪轻,还不懂得伤心,反而觉得不用带孩子,省事了!

之后,母亲随父亲到镇江。日本投降后,父亲负责接收日本仓库,经常忙得没法正常回家。

一天凌晨约 5 点,母亲的肚子突然绞痛异常,知道孩子可能要出世了,连忙自床上爬起,还没来得及走到自家门口,"哐啦"一声,孩子已迫不及待自胯下滑出,直统统像倒栽葱似的撞向地面。幸亏是木板地,但大姐头上也肿起了个大包。母亲吓得坐在地上,不知所措!自己虚弱无力,连喊的力气都没有,只有睁着眼,流着泪,傻傻地看着脐带还没剪掉的孩子。直到听到隔壁邻居有动静,才拼出力气使劲喊。

邻居撞开了木门,看到母亲血淋淋地坐在木板地上,吓坏了!赶紧叫了辆人力车,将母亲及大姐送到医院,总算母女平安。

两年后,母亲又生了一个女娃。

到了 1949 年,眼见着大陆就要解放,国民党政府众叛亲离,父亲跟着国民党工作,也只能带着母亲和两个女儿在那年冬末的一个黄昏登上了大陆开往台湾的最后一班船。

初到台湾,举目无亲,父亲的行踪依然飘忽不定,经常几个月杳无信息。那时既无银行转账又没挂号信,寄给家里的钱也多在半路遗失。在那个动荡的年代里,母亲受的苦难不计其数。

父母虽然在一起的时间不多,却是"一击就中"。在我之前,母亲流产了一次。

我是在台湾台中大肚乡家里出生的。那时,父亲仍然不在家,还好我出生时,有位从大陆来的阿姨和母亲同住。

据母亲说,这位阿姨是她到台中车站接父亲时遇到的。因看她衣衫褴褛一个人流落车站,无处可去,想到大家都是离乡背井的天涯沦落人,遂动了恻隐之心,收留了她。

这位阿姨不仅协助家务,还经常掏出点钱,贴补家中伙食,有时还为母亲买些补品。

母亲怀着我时,总是忐忑不安,生怕又是个"赔钱货"。直到临盆那天,我刚一出来,脐带还没来得及剪断,母亲就迫不及待地起身看是男是女,结果她一失望,"扑通"一声往后一仰倒在床上,没注意,脚一蹬,就将我和她连着的脐带给蹬断了!

一股血从我的脐带喷出来!母亲只顾着哭,什么也顾不上。阿姨吓坏了,不知从哪里抓了一坨金狗毛,往我肚脐一塞,没想到,就这么糊里糊涂地止住了血!幸好,也没发炎,我这条小命居然保住了!

隔了几天,父亲回到家,第一句话就问:"是男是女?"

母亲没出声。

父亲掀开尿布,一看是个女娃,说了声:"长得挺好!好好带吧!"就走了!

父亲走后,母亲又是一阵哭。阿姨劝慰母亲说:"别难过!这孩子大难不死,必有后福。你若不嫌弃,我就当这孩子的干妈。"

母亲哭着点头应允。

幸好,这位阿姨将月子里的母亲照顾得很好。有时,母亲怕阿姨钱花得太多，老劝她省着用，好为自己将来多留着点。阿姨总是笑着说："别担心，我也是为自己的孩子照顾好她的奶娘。"

那时，母亲每逢带着我们三姐妹出去，因为心虚，怕人笑话她生不出儿子，总是把我打扮成男孩。听到路人赞道："这儿子长得真俊！"母亲居然也能暂时陶醉一会儿。

不久，我们随着父亲的单位迁居至汐止。母亲又怀孕了！

这次，她的压力更大了！直到七个多月时，压力已大得让她难以承受。结果，不知听了哪个人的馊主意，说是奎宁可以流胎，她听信了这个民间土方，就趁着父亲出差，偷偷吃了半瓶。

隐约记得，我在无意中撞见母亲躲在房里偷偷吃着东西，我也吵着要吃，但是妈妈这次一反常态，任我吵翻了天也不给，最后把妈惹急了，狠狠地打了我一巴掌。

那晚，我是带着泪和委屈爬上床的。

半夜，我被一种奇怪的声音吵醒，睁开眼，听清楚是妈妈在痛苦地呻吟着。赶紧打开灯，一看，不得了！妈妈全身整脸肿得像吹胀的皮球，一摸，她浑身上下热得像火炭。我又惊又怕，一骨碌跳下床，叫醒了姐姐。大姐说："老二，你赶紧拿条湿毛巾拧干，敷在妈妈的额头上。三妹，你快去倒水给妈妈。我去叫阿姨请医生来救妈妈！"

大姐出门后，我和二姐慌乱地一路帮妈妈敷头，喂妈妈喝水，一路哭嚷："妈妈，你千万不要死！"

约莫一个时辰，医生来了。折腾了好一阵子，等妈退了烧才走。这时听到阿姨细声埋怨着："你怎么会这么傻？奎宁是治疟疾的，怎能用来打胎?"

"我怕又是女儿。"母亲抽泣着答道。

还好，这一胎总算让妈生了个儿子。母亲雀跃万分，却故意不通知在外出差的父亲。

几天后，父亲回家，看到刚出生没几天的孩子，已断定又是个女的，也懒得问了。

隔了一星期，父亲感觉母亲每次在给孩子换尿布时，老是背着他，突生疑窦，一个箭步往前，掀开了孩子的尿布，一看，居然是带有"把手"的。高兴得一下子将孩子抱起来，又亲又笑，快乐得魂飞到九霄云外。还特别给大弟取了个响亮的名字——华光，外加一个吉祥的小名——来福。

接着，马上体贴地问母亲想吃些什么。母亲气得不搭理他。

父亲顾不了这么多，将大弟交到母亲怀里，马上上街买了鸡鸭鱼肉回来，亲自下厨做饭烧菜给母亲吃。当然我们几姐妹也跟着打了个牙祭。

在大弟还没满月的时候，妈妈说，门外突然来了辆吉普车，车上下来了几位军人，其中有位还是将官，是这位阿姨失散的丈夫。他经过几年的打听才找到她。阿姨和母亲告谢道别后，从塞在衣服夹层的一个布包里拿出了一条金链送给我，就赶紧收拾些细软离开了！临上车时说："等我安顿好就回来看你们。"

母亲说，当初以为接来的是个无家可归的可怜人，没想到却迎进了一个财神奶奶,让她享了几年福。

之后,随着父亲的调动,我们又搬到板桥,不知那位阿姨是否来找过我们,毕竟战乱时期,她也得防着人,没留下真实姓名。但是我内心深处一直非常感激这位命中的贵人。

母亲虽有了一个儿子,仍觉得不踏实,决定继续拼搏。一年后,怀上了!不幸,几个月后又流产了!调养好身体,母亲再接再厉,父亲也极乐意配合。

总算皇天不负苦心人,这次,又是个男孩。虽也是在家生的,但一切顺利。父亲照样给取了个响亮的名字——国光。事后,母亲谈到两个儿子的名字时就取笑父亲,什么中华之光,国家之光,顶多就是你自家之光呗!

任务完成,母亲遂决定停产。

待我们长大,每当顽皮不听话时,母亲就笑骂我们几个,都是些经得起考验、生命力顽强的冤孽。

如今,被视为母亲命根子的大弟,如有任何不测,那真会要了妈妈的命。至于父亲,这么重男轻女,当然也绝不好受。

有关大弟"存在"的重要性,还有一件事在我记忆中是无法磨灭的……

在我刚上小学一年级的那年,我和大弟穿着短裤背心跟着父亲去河边玩,他一手牵一个,带着我们往河里走去。走着走着,我们松开了父亲的手,站在水中拍打着河水,异常兴奋。父亲正扶着我的身子教我游泳的时候,突然看见大弟好像掉进深水坑里,在那儿挣扎浮沉。父亲立刻放下我,飞快地奔往大弟的方向,我也跟着跑向大弟,突然踩空,也跟着掉进深水坑里。父亲用一只脚轻探,又缩了回去。他马上脱掉背心,往大弟的方向甩出去,大声喊道:"快抓住!"

这时,在深水坑的我心里喊着:"爸爸救我!"

可是在那种危急情况下,父亲根本顾不上我,只能先救大弟。

大弟抓住了父亲甩过来的背心,被父亲拖出深坑。只看见父亲赶紧对着大弟的嘴实行人工呼吸,接着又抱起大弟往岸上跑,完全忘了还在挣扎着的我。

我望着远去的父亲,绝望了!

仿佛听到有人喊着:"救命啊!快救那孩子!"

这时,我已筋疲力尽,放弃了挣扎,陷入半昏迷状态。突然,觉得自己的身子漂浮起来,漂着漂着,迷糊中觉得有个人把我抱了起来。当睁开眼时,第一个映入眼帘的就是父亲那张焦急的脸。

事隔多年,当妈妈问我恨不恨父亲时,我竟愣住了!因我从未想过"恨"这件事。

直到一天无意中听到父亲和母亲聊起这件事,才让我吓了一跳!

父亲说:"都是我的亲骨肉,我不可能弃之不顾。首先,一下子要救两个,根本不可能,再说,你记得,上次路过我们家的一个算命先生,说华儿这孩子命薄,活不过20岁。"

难道父亲真会相信一个算命先生的胡说八道,还是因为儿子比女儿重要?

我从没问过,也不想问。因为,只要想起母亲那晚怕又怀了个女胎,吃奎宁堕胎,差点没死那件事,我就什么也不介意了!我不介意,不是因为父亲,而是心疼母亲。毕竟大弟是妈妈的命根子,大弟能平安无事,妈妈就能开心地活着,这比什么都重要。

后来,看了《苏菲的选择》,书中描述苏菲贫困交加,面临必须牺牲一个子女的痛苦时,她选择了在恶劣环境中较易存活的儿子。

之后,又看了冯小刚导演拍的电影《唐山大地震》,剧中的母亲看着陷在石堆中的儿子和女儿挣扎着向她呼救,那时她也只能选择一个,牺牲一个。那真是做父母最困难的选择,也是最痛苦的选择。

最后,她也是选择救儿子。可是,这个选择却一直让她在痛苦和愧疚中煎熬着。

女儿最后逃出生天,被别人带大,却一直不肯原谅生母,也不愿见她。直到最终,女儿被说动了,愿意回来看母亲。见面时母亲向女儿跪下来的那一幕,许多人都被感动了!

其实人生在世总会面临许多选择。选择本已不容易,如果再掺杂人性的挣扎与道义的冲突,就更是难上加难。

我不知道父亲是否也曾愧疚和痛苦过,毕竟我不是剧中的女儿,只记得,我暗暗发誓,定要活过 20 岁、40 岁、60 岁,至少到 80 岁。

当晚，父母仍祈盼奇迹出现，大弟会突然回来。他俩彻夜未眠，跪在客厅的沙发前，一直不停地祈祷，求上帝保佑儿子平安无事。

随后两天，母亲去了儿子女友的家好几回，都是大门紧闭，见不着人，电话不停打，也是没人接。报纸和电视新闻也没看到任何有关消息。母亲急得快疯了！但是一点办法也没有，整天茶饭不思，除了哭就是祷告。

父亲和两个姐姐也是到处打听消息，然而都是一无所获。

4号那天，父亲终于打听到消息，回到家一脸凝重地说："我托一位旧同僚向有关部门打听，来福被人举报，失踪那天是被警总的人抓了！"

"被抓了！为什么?"母亲和姐姐异口同声地喊着。

"被抓的还有赖明烈、刘国基。据说，来福从美国回来后就一直呼吁抵制日货和美货。而且他经常在晚上和几个朋友去大学校门口卖一些'禁书'，发放两岸和平统一、抗日反美的传单。"

"这事严重吗?"母亲着急地问。

"不知道。"

父亲说不知道，是想安慰母亲。他跟着政府工作这么多年，怎么会不清楚这件事的严重性。

自1949年国民党退守台湾后的三十年间，局势动荡，人心惶惶，台湾进入"白色恐怖"时期。报纸上三天两头便登出轰动的"匪谍"案，尤其以新闻界、文化界和学术教育界的人最多。此外，还有数不清的在机关、学校、军中、社团破获的各种大小"匪谍"

案。情治机关所谓的"匪谍",可以是指负有谍报任务的"间谍",也可以扩大到只要发过一句牢骚,看过一本禁书,进了一次大陆的国货公司,登了一幅被认为有影射当权者之嫌的漫画(如著名作家柏杨),都算是"匪谍"。

即便现在备受大众尊崇的星云大师,在上世纪五十年代,也曾遭黑函举报。1952年,他应大醒法师之请,到新竹青草湖灵隐寺佛学院教书,每次离开佛学院都要向当地派出所请假。后来到高雄,也有人密告他在佛光山窝藏长枪两百支(符之瑛:《传灯:星云大师传》)。直到1980年代,星云还被列为情治单位列管的对象(杨清海:《调查局的真面目》)。

当时大街小巷到处贴满"反共抗俄"、"杀猪(朱)拔毛"、"保密防谍"、"检举匪谍,人人有责"、"知匪不报,与匪同罪"、"匪谍就在你身边"等标语,加上午夜宵禁,白天也有临时戒严封锁交通,整个社会沉浸在"警察国家"的恐怖气氛中。

那时,如破获一件"匪谍"案,奖金很高,还能升官,于是也相应产生了许多无处不在的鹰犬特务和黑手魔掌。为了能破获大案,甚至为制造出一件大案,他们严刑逼供,迫使嫌犯屈打成招,甚至会编造出许多莫须有的罪名,给嫌犯扣上多顶帽子,以求升官受奖。有些同案共犯也会被诱使,配合官方指控其他嫌犯,以求获得轻判。

所以,一旦被抓,罪名如何定,全凭他们说了算。同样的事,重到可枪毙,轻到可交保。

第五章　轰动要案

　　1977 年 11 月 5 日，有关戴赖刘三人被捕的新闻刊出后，家人才知悉，大弟于 11 月 1 日晚上 11 点多在台北罗斯福路赖明烈的租处被捕。

　　大弟被捕两个多月后，美国总统卡特提出人权说，在国际舆论的压力下，1978 年 1 月 11 日，台湾"警备总司令部"军事法庭终于开庭公开审理此案。当天审讯过后，美国驻台"大使馆"提出抗议，并于 1 月 16 日正式致函台湾"外交部"。于是在 1 月 17 日宣判时，台湾"外交部"派员陪同美国驻台"大使馆"二等秘书魏然（J. A. Wilde）和三等秘书罗如恕（R. Rogers）两位人员到庭旁听宣判。

　　然而，虽说是公开审判，也不过是走个过场。

　　当时，台湾家人为了不让婚后定居吉隆坡的我也跟着难过，自大弟被捕到他开庭审判，完全瞒着我。直到 1978 年 2 月上旬，我在一家美发院洗头时，翻阅一本过期的 *Far Eastern Economic Review*（《远东经济评论杂志》）时，一篇有关大弟案件的审判报道跃入眼帘，我几乎被惊呆了！

我立刻回家打电话给母亲确认。母亲接到我的电话，号啕大哭了起来。我才了解这两个多月来他们所受到的煎熬。

我可怜的爸爸妈妈！在他们最难熬的日子里，我都没能和他们一起承担。

这时，我恨不得立刻返台，可是当时我的旧护照过期，新护照还在审批过程中，根本动弹不得。那段时间真是度日如年啊！一星期后，我揽镜自照，发现头发竟白了一半。我这才相信"伍子胥一夜白头"的故事。

后来，我在翻阅资料时，看到审判过后，一篇发表在《七十年代》杂志的文章写道："……这里最耐人寻味的是时间的问题。两个多月前'人民解放阵线'案件宣布时，外电纷纷报道这个消息，引起海外人士积极关注，并且准备营救被逮捕的学生。美国人权组织'反对台湾秘密处决政治犯委员会'联同日本的一些人权主义者，早已决定1月12日在美国第二大报《华盛顿邮报》上刊登全页广告，抗议国民党这次的逮捕行动，指责国民党侵犯人权。故台北开审此案的日期不能不令人怀疑是与此预定的广告有关的。记得同一组织一年前为了拯救陈明忠等十五人，在《纽约时报》上刊登全页广告，而当局亦正好在广告刊出同一天，开庭审判陈明忠等七人。由此推理，国民党这次突如其来地处理'人民解放阵线'的案件，实质上是为了应付海外巨大的舆论压力。"

"在这两次大规模的政治案件中，当局利用了相同的借口，给当事人扣上了'匪谍'的帽子。而且为了'证明'他们确实是'匪谍'，刻意描写他们与海外的'共党分子'有联系：陈明忠等人与日本的'共党分子'有关系，戴华光等人则与香港的'共党分子'曾有接触。……这样就可以'证明'是'匪谍的渗透'，而非岛内社会自发的结果。"①

1977 年 12 月 5 日，香港《星岛日报》也曾就此案刊发报道，标题是："保卫台湾人权国际会分析台共谍案政治动机，称国府夸大报道为禁民族主义意识"。

报道内容：人权会指出"共谍"案被夸大，包含下列数点：

一、所谓"共谍"案只是源于一封恐吓信，因为国民党没有公开审判，这封信是否戴赖刘三人所写已引起质疑，但即使是三人所写，也是一项轻罪，因为他们事实上并没有采取报复的行动去对付他们信中所谓的"美、日帝国主义"的商人。三人所犯的罪，事实上不像国民党宣传的那么严重，戴赖刘三人最多只是翻过一些从日本传进来的左翼传单。

二、事实显示，如果这三人真是"共谍"，他们的行动便"太天真"、"太不小心"和"太业余化"了，据戴华光的一个朋友说：戴的"活动"就像他"有意被捕"一样。

三、为什么"共谍"案在台湾竞选之前忽然爆发出来？这

① 这篇文章的作者是李智民，直到 2015 年 5 月中旬我到北京大学拜访陈鼓应教授时，才知道李智民就是他用的化名。

仅是一个"巧合"？为什么突然大事宣传两天之后,"共谍案"便未再见报道？是不是开始宣传得过火,但如公开审判又拿不出有力证据？

宣判当日,有中外记者十七人(全由台湾"新闻局"安排),两位美国驻台"大使馆"人员及被告家属、亲友等百余人到庭采访及旁听。父亲、母亲、大姐都去了。

据报载,当时就"与共匪联络"部分,大弟华光在辩论庭上答讯内容如下:

问:你什么时候去美国的?
答:"民国"六十四年(1975)九月赴美。

问:在美期间读过什么共匪的书籍?
答:看过左派书刊有英文的《红星照耀中国》、《中国震动了世界》、《美国对华关系白皮书》、《中国革命的悲剧》,中文的如《我认识的蒋介石》等等,有些书名已记不清楚。

问:读了这些书,对你思想有何影响?
答:跟离开台湾前不一样。

问:如何不一样?

答：我在美研究国际政治，读过左倾书籍，发现1949年前大陆的情形与我在台湾所听到的不同，就产生了不同的看法。

问：你何时返台？
答：六十五年（1976）六月间。

问：返台后就着手成立匪党组织是吗？
答：起先倒没那种想法，只是回来看看台湾的情形，多认识些朋友，而且那时母亲生病，便决心回来看看。

问：你怎会想与共匪取得联络？
答：在美时从没有联络过，回来看到台湾歌舞升平，觉得很不满意。六十五年八月吴恒海要赴香港，向我辞行，临时就请他跟《七十年代》负责人联系，而且我在台湾曾收听大陆的广播，觉得无法接受，因此建议吴恒海写封信建议中共改善广播内容。

大弟与其他五人分别按"惩治叛乱条例第二条第一项及其相关条例"被判决：

戴华光：判处无期徒刑；赖明烈：判处15年；刘国基：判处12年；吴恒海：感训3年；郑道君：感训3年；蔡裕荣：感训3年。

直到 1987 年 7 月 15 日,蒋经国宣布台湾解除戒严,1988 年 1 月 1 日,台湾解除"报禁",许多过去被视为禁忌的话题,纷纷成为传播界报道的主题。尤其在该年 3 月 14 日,香港《九十年代》杂志(原名《七十年代》,立场亲共,被台湾"警总"视为"匪刊",1984 年更名为《九十年代》)总编辑李怡(戴案的关键人物)受到《新新闻周刊》邀请,获准入境台湾公开演讲。于是,当年的指控和判决形同自打嘴巴,自相矛盾,毋宁是政治上一大讽刺。

　　因为,当年军事法庭的判决书指出:被告戴华光在美居留期间受共党分子煽惑,又与匪统战刊物《七十年代》总编辑李匪怡联络,印制英文恐吓信,投寄在美台商,散发反动传单,成立"人民解放阵线"制造暴乱。至于"警备总部"凭什么证据认定李怡是"共匪",审判戴华光的军事检查官提出两项举证:

　　一、"行政院"新闻局六十六年(公元 1977 年)11 月 11 日德为字第 12968 号函,指证香港《七十年代》杂志确为共匪海外统战刊物。

　　二、"国防部"情报局六十六年(公元 1977 年)11 月 11 日贯透(四)字第 10109 号,指认中共策动香港大暴动,李怡担任北角跑鹅区战斗大队中队之负责人,曾被港匪誉为"最有干劲的革命分子"。

　　时间上,两项举证都是戴华光案发生以后的"后设证据"。事实上,涉案人与李怡更是素昧平生。然而就关键人物李怡来说,显然判决书里便出了一个大纰漏:后查证李怡中队长和李怡总编辑并非同一人。当初,为了"破获匪谍"的巨额奖金,台湾情治单位硬把李怡这个不靠谱的线索给扯上了。

事隔十一年,李怡终于获得台湾当局肯定,可以自由进出台湾,并成为新闻界的热门话题,更认定是国民党展开了开明作风,于海峡两岸和平竞争中,国民党抢先一步。

在台湾耕莘文教会演讲会上,有人希望李怡为戴华光讲几句公道话,遂问:"李先生,你现在风光来台,公开演讲,可是当年受你牵连被判重刑,至今仍在绿岛受刑的戴华光,你怎么说?"

"我不认识戴华光。"

虽然李怡没表示什么,仅说了这么一句话,但由此可见,戴与李可谓"素昧平生","毫无瓜葛"。这不仅成为戴华光没有"通匪"的一项反证,也证明此案是一个被夸大、扭曲的政治冤狱。

于是,终于引发了为戴华光翻案(在台湾,这是数十年来第一桩被"翻案风"荡起来的左倾政治案件)及吁请全面特赦政治犯的行动。

1988 年 3 月 26 日,由"司法"、"国防"委员会召开联席会议,审议"七十七年度(公元 1988 年)罪犯减刑条例草案"。许多"立法委员"和"法务部"展开了政治犯减刑范围的拉锯战,同时提及许多政治冤案。

"立法委员"尤清、康宁祥建议,将政治犯的减刑与复权纳入七十七年减刑条例,以扫除戒严四十年来威权法治的阴影。台湾"法务部长"施启扬则表示,在"政策决定法治的法律"的前提下,政治犯的减刑与复权,并不在此次减刑之列。

尤清在审查减刑条例草案时质询指出,"工作权"及"参政权"为"宪法"保障的基本人权,唯台湾若干法律剥夺政治犯出狱后的

"工作权"及"参政权",对于政治犯,在法律上明文取消其从事专门职业之资格,过去两次全台湾范围内的减刑及本次草案,皆不及于刑法(主从刑)外之附带效果。

政治犯出狱后,仍然无法从事其以前所从事之专门职业,也不得担任公司经理,既不得登记为公职候选人,也不得担任助选员,"工作权"及"参政权"完全被剥夺。

他认为,过去四十年来的政治犯,很多是落伍的刑法及苛刻的惩治叛乱条例的受害人,使得若干批评时政的行为,也构成内乱罪,造成无数的冤狱……何不乘着全台湾范围内减刑这个时机,一并解决?

"立委"朱高正在质询"法务部长"施启扬时指出,像孙立人这么重大的"匪谍案"都可以翻案,使人们知道这是冤案,难道还有比之更大的案子吗?朱高正指出,如果孙立人因为曾任"参谋长"而得以恢复权利,那么别的政治案件难道就没有冤案吗?当然也提到戴华光案,唯对于有无冤案或错案,例如戴华光之个案,施启扬并未作答复。

由于这个条例要在 4 月 22 日蒋故"总统"经国逝世百日前通过"立法"程序,才能在百日时宣布减刑,以示德泽,所以在此关键时刻,争取政治犯获得减刑已事不宜迟,必须赶紧行动。

3 月 24 日下午,前台北市"议员"林正杰(曾与陈水扁、谢长廷一起被称为"党外三剑客",1990 年退出民进党)在台大校友会馆召开"全面减刑,狱政改造"座谈会,与会人士除了有小弟国光、戴案的受难人赖明烈、刘国基,还有人权团体代表及学者、律师与新闻记者,其中包括周清玉、陈菊、傅正、张俊宏、林玉体、李胜雄、周宏宪、杨祖珺等多人。

刘国基指出:"起诉书和判决书的指诉,只有十分之一是真的,其他十分之九都是调查单位添油加醋,任意编造。判决书中所指李匪怡一事,就是诬陷。"

"此外,指我们组织'人民解放阵线'实为'台湾人民解放阵线',这是我们六个人基于一个共同的理念,私下天马行空的一种纯自发性组合,仅止于口头说说而已,就算是宣誓,也无监誓人。这样的组合,基本上就已欠缺组织要件,就算是违背了集会结社的规定,也不至于被扣以'叛乱组织'的大帽子。而在判决书中故意剔除'台湾'两字,就是便于强称我们是中共的外围组织。"

赖明烈说:"案发被捕后我们所写的自白书,是由'警备总部'拟稿,叫我们抄写,且更改了四五次,是在我们经过七天七夜不准睡眠的疲劳审问,处于神志不清的状况下签下的。这种情况下,根本不是出于自由意志的告白。"

他还表示,如果政府坚不对政治犯减刑,为了援救戴华光,他将申请再审,将当年受到不公平审讯的经过公诸社会。

会后,各与会人士签署了一份传单,传单中提出三点具体建议:一、所有受刑人和被告,都应在赦免之外,不分类、不分等。二、保安处分、感训处分、矫正处分、少年管训,应包含于减刑范围之内。三、政治犯之参政权与工作权,应予彻底解决。随后,与会人士决定将从3月25日起,在"立法院"展开一连串的游说行动,并散发传单，以期政府能透过减刑的管道，还给社会正义与公道。

3月26日上午，小弟为了引起社会关注，做了五件黑袍和一个高约十米的十字架，上面漆写着"信主的'总统'，请关爱受冤屈的孩子"。他和母亲、大姐、赖明烈、刘国基、蔡裕荣五人披着黑袍子在"立法院"门口静坐。白发苍苍、脸色苍白的母亲，带着仿佛是极深的自制，身披写着"请释放我的儿子戴华光"的白布背心，坐在群贤楼的台阶上。

"司法部长"、"国防部长"等各官员的黑色轿车陆续驶入"立法院"的停车场，"立法委员"们进入群贤楼时，也会看到门口这个场景。

母亲的特殊形象确实引起了众多媒体的注意，当有人趋前询问时，根本不了解政治的母亲只是一味哽咽地说着："李'总统'是基督徒，我听过他的布道。他说从事政治要有爱心，要向未来看，我们希望李'总统'有爱心，让政治犯也能获得减刑。"另外，小弟把大弟在狱中写给家人的信件摘要印刷数百本，凡是进出的"立法委员"和记者，小弟都塞上一本，为此也得到了不少"立法委员"的关注。（详见附录一）

同一天，林正杰与台湾关怀中心、台湾人权促进会及人权运动人士多人，上午至"立法院"群贤楼散发签名传单，呼吁政府全面减刑，将受保安处分及感训处分的人员列入减刑范围，并建议正视政治犯之"参政权"与"工作权"。

当天晚上，赖明烈、刘国基和小弟又参加了夏潮联谊会所主办的"飞越海峡两岸"晚会,以实际行动表达他们的冤屈,希望这次的减刑范围能再扩大,释放所有的政治犯。

3月30日,由著名作家陈映真(该年4月4日成立"中国统一联盟",担任首任主席)、夏潮联谊会会长黄溪南、王津平、王晓波及三十多位人权工作者组成的"戴华光后援会",集合至"立法院"群贤楼前请愿,吁请"立法委员"在审查"七十七年罪犯减刑条例草案"时能全面减刑并释放所有政治案件的受刑人,并要求政府公平对待戴华光,并立即释放戴华光。

4月2日上午8时30分,由关怀中心、台湾人权促进会、夏潮联谊会、工党、政治受难人互助会、前进、人间杂志等七团体的成员近六十人,身披抗议布条,手持麦克风,齐集在台湾"立法院"群贤楼门口,进行大规模之声援政治犯活动。当"立法院"专车载来的资深委员下车时,林正杰、陈菊(当时为人权促进会主任秘书,现为高雄市长)等人趋前扶持,递发传单,希望他们支持此项行动。并在9时左右,推出林正杰、台湾人权促进会会长李胜雄、洪贵参、颜锦福、陈福住、张国龙、卢修一等七位代表,在"立法委员"许荣淑引介下,进入"司法"、"国防"联席委员会陈述意见,由"司法委员会"召集人陈适庸、尤清会同接见。

请愿代表指出,过去戒严时期许多冤案、错案、假案的受害者,未能在戒严时依照戒严法第十条规定保障提出上诉或抗告,反而被"国安法"第九条永远剥除平反权,因此唯有特赦才能有效地救济正在服刑中的政治受难人。

他们还表示，虽然去年 7 月 15 日戒严时，曾对政治犯减刑（戴减为 15 年，赖减为 12 年，刘减为 10 年，他俩已于 7 月 14 日出狱），但这类减刑应只是从戒严时期回复到一般司法程序的表示，并无任何礼遇之处。至于过去军事法庭在侦讯、审判程序中诸多不合理、非法的地方，均无再议机会。这次拟订中的减刑条例又将这些人摒弃在外，那么为彰显蒋故"总统"遗德的本意，便完全落空了。因此，这次减刑实应包括这批最需要"补救"的政治受难人才合理。

由于 1987 年已经解严，政治环境有所改变，因此小弟和赖、刘三人近一个月的静坐并未遭到驱赶。然母亲因年事已高，不堪劳累，静坐一星期后已卧病在床。所幸，他们的举动没有白费，确实引起了众多媒体的报道，《中时晚报》的记者重新挖出戴华光案，对大弟进行了五六篇专题报道。还有许多声援大弟的文章刊登在各报章杂志上，不能一一尽数。

4 月 11 日上午，许多政治犯家属包括小弟及请愿代表林正杰、李胜雄前往"立法院"请愿，并要求进入"立法院"议场旁听，却遭到议场警卫阻挡，未能进入。经过"立委"邱连辉、尤清、许荣淑、朱高正等人与"院长"倪文亚及警卫协调后，才予以放行，顺利进入议场旁听席。

经过将近一个多月的折冲，在民进党"立院"党团、一些开明派的国民党"立委"的努力以及外界人权团体不断的施压与争取下，"立法院"会议终于在 4 月 16 日三读通过，明定在"民国"七十七年(1988)1月30日以前犯罪者,可依"'中华民国'七十七年罪犯减刑条例"全面减刑(但不包括政治犯复权的问题),并将咨请"总统"依法公布,在蒋经国逝世百日的4月22日正式施行。

台湾著名学者王晓波教授在他1988年4月7日写就,于4月13日发表在《台湾时报》的文章《踬仆在历史的道路上——戴华光和他的年代》中指出:

> 戴华光案震动一时,有三项原因:一、被告都是品学兼优的青年,戴是留美回来的青年,赖是文化大学建筑系成绩优异而留校的助教,刘是辅大语言研究所的高材生。二、他们均坦承一切指控,并且在法庭上愿意承担一切责任。三、他们与中共毫无瓜葛,纯粹出于青年的爱国理想,而愿为此牺牲。所以,这个案子在当时就受到社会普遍的同情。①
>
> 1978年10月10日的《中国时报》社论即坦言,他们"是以国家兴衰为己任,为了国家与社会不惜抛头颅洒热血的青年,这些青年是国家社会进步的原动力,也是国之瑰宝,他们对国家社会的情况最为关心,对个人能否有机会贡献于国家社会最为敏感。……我们对这些误蹈法网的青年仍当出以

---

① 在我最近翻阅的解密文件中,军法处在提供检讨中也如此记录:戴华光等六人,均属青年,曾受,或正在接受高等教育,因何从事叛乱,殊值检讨,如赖明烈自陈系因不满社会、政治、教育、军中情形等,本部正尊奉指示,已就侦查中发觉之问题,分析原因,现专案呈报中。(1978年2月1日)

哀矜勿喜的态度。

王晓波认为《中国时报》的社论是相当持平之论：

在七十年代岛内外那样的情势和思潮下，具有强烈爱国意识的青年，能不"左倾"者几稀？当时许多留美的中国学生，抛弃学业，出钱出力，为中国的统一和社会主义奔走呼号。甚至连诺贝尔奖得主杨振宁、世界顶尖的逻辑家王浩、大数学家陈省身、历史学家何柄棣都"为匪宣传"了，又何况充满爱国热情的二十几岁的青年？所以，如果戴华光等有罪，那是被扭曲被撕裂的近代中国历史的有罪。

文内还提道：

老实说，我当时并不是因为有什么特别高超的理论和见识，可以不被这股思潮所感动，而是我因家庭出身的缘故，一向比较谨慎而已。后来我才知道，戴案在侦讯时，也讯问到他们对我的看法和关系，而他们竟异口同声地认为我是"国民党右派"，而使我免于遭株连。

因为，大弟从美国回来后，和小弟的两位好友赖明烈、刘国基经常在一起谈论国家大事和世界局势。王晓波是国基台中一中的前期学长,他们看过他所发表的文章,觉得他是一位非常有见地的学者,很想和他交流并向他讨教。1976年的12月间,由国基带着明烈和大弟去拜访了他。

那时,王晓波刚因"台大哲学系事件"被解聘不久,故言论相当谨慎。交谈中,虽有些地方看法不太相同,不过,在反帝民族意识和爱国主义上,大家的意见还是比较一致的。大家都认为近代中国的悲剧来自帝国主义,海峡两岸的分裂除国共内战外,主要还是美俄两霸冷战所造成,美国不肯放弃在台的战略和经济利益,中国的统一将遥遥无期。

这次长谈后,他们和王晓波就不曾再深谈过。大弟和明烈忙着去访问基隆矿变灾区、高雄加工出口区、云林口湖乡,并将访问报告在《夏潮杂志》上发表。

接着,他们三人又用省下的钱,向各书店及夏潮杂志社批发了一些书刊以及一些有思想性、有启发性的作品,包括陈映真、黄春明、陈鼓应、王拓、王晓波、杨青矗、克鲁泡特金、雷岱尔、殷海光等人的著作和《夏潮杂志》。还有一些禁书,包括了艾思奇《大众哲学》、《马恩列斯选集》(凭学生证向"国关中心"借阅影印),费孝通《乡土中国与乡土重建》、《文化大革命原始文件汇编》(向黎明书局购买),以及巴金、鲁迅、老舍的小说作品集等等,在业余时间到处推销,并去各大学附近摆摊出售,因此结识了同案难友蔡裕荣和郑道君。

那时,只有国基还会抽些时间去找王晓波,经常从政治社会谈到文学哲学。

所以,在当时"宁可杀错,不可放过"的台湾"白色恐怖"时期,他们三人中的任何一个不留神说错话,都会给王晓波或很多人带来牢狱之灾。从这点也能看出他们三人的善良和机智,不会拖无辜者下水。

台湾《人间》杂志主编官鸿志在《自立早报》副刊一连两天(1988 年 4 月 19—20 日)刊载的《几个叛逆青年的故事》中质疑:

李怡最近堂而皇之地入境台湾演讲,并访问国民党高阶层人士有关港澳政策问题。其合乎逻辑的解释只有三点:(一)没有逮捕李怡,司法当局犯了严重渎职罪? 国民党高阶层也有通匪罪?(二)李怡已经向台湾办理自首?(三)李怡不是匪,戴华光案是一个错案?

推而广之,戴华光案是当局对战后台湾人民施行审判的一次信用破产。

最后他写道:

任何人,害怕乡土的尘埃沾污了裤脚的人,就不应该踏上叛逆青年这条道路。但迎接时代矛盾和冲突,向前面跃进的人,却为思想自由付出了一定的代价。

第六章　痛苦爱国

有时我会悔恨,如果不是我鼓励大弟出境深造,是否我们家不会遭此劫难?!

一直等到大弟出狱好多年,我才敢问,大弟却说:"即便没你的鼓励和资助,我也会想办法去的,只是时间的问题。"

之后,我逐渐明白他当初休学、坚决回台的真正原因。

他曾在回答我的一封信上说:

故事首先回到我去美国留学之前……从小我就被父亲逼着读书和补习,为的就是能考上好的大学,当时我是非常抵制的。没想到进了海专就读,突然没人逼着学习,反而对书本有了兴趣,而且是一发不可收拾。

最早我喜欢看传记、哲学方面的书,然后是军事方面,例如李德哈特(Liddell Harte)、克劳塞维兹(Carl von Clausewitz)、孙子,经济学方面也读过凯恩斯(John Maynard Keynes)等,哲学方面如黑格尔、柏拉图、苏格拉底,即使看得一头雾水,也会耐着性子看下去。那几年间还买了不少三民书局或商务印书馆出版的中国古书,如《尚书》、《春秋》、《道德经》、《老子》、《庄子》,不管看不看得懂都买,反正爱看。

当年我们中国海专的学生,在台北街头跟别的学校学生打群架是有名的,我从来没参与过,因对这样以暴制暴的行为没兴趣。同学们在上课时多半看武侠小说,有的放学后天天打麻将,我也没兴趣。更有的经常举办舞会,我记得我参加过一次,偏偏那次碰上少年队来抓,弄得非常扫兴还担惊受怕,以后便再也不想去了。上课时,我就在下面看我的书,而老师则在台上讲他的课。我很少听课,考试很简单,考前在我们这种学生的恳切请求下,老师经常会慈悲地跟我们讲重点,放水。总之,不管你们如何评价,这是我印象中的海专。反正,我在这种学校倒是真正接受了"教育"。

当我海专结业前随船实习时,没料到,这半年的实习生涯竟然将我的人生带往了一个崭新的天地。

上船的第一站是韩国仁川,之后去过泰国曼谷两次,越南岘港两次,菲律宾马尼拉一次。实习期间就在东南亚、东北亚这些地方转。曼谷、马尼拉对我的影响比较大,越南岘港则是另一种影响。

那时,在泰国曼谷和菲律宾马尼拉的华埠街头都能看到"打倒蒋介石"的标语,和在台湾街头看到的标语竟有着巨大的反差。由于语言上的差异,我没有太多机会与当地的华侨交流。不过,这一石丢下去,虽尚未激起心中千层浪,起码也冲起了百层浪。

实习期间去过的几个城市，唯一与台北相似的是韩国仁川、汉城。仁川是当年麦克阿瑟登陆的地方。南韩当时也是反共的。以前台北到基隆之间有条快速公路起名叫"麦克阿瑟公路"。我小时候非常崇拜他，因为政府宣传他是我们最好的盟友。但长大后读了一些原始资料和他的自传，知道他在对中国的战略政策上非常残酷和刻薄，甚至涂炭生灵也在所不惜，因而，这个人在我心目中伟大的形象就彻底毁灭了！

至于去越南岘港的两次，越战正如火如荼地进行着，真正体验到了战争的残酷。两次船都停在港湾中下锚，系在港里的浮桶上卸货。两次都是运水泥，越南工人从岸边开着有些破败的舢板过来，靠在船旁边，然后开始装卸。

我很快发现，帮忙卸货的工人全是女性，老的少的都有。年纪小的顶多十几岁，老人中有些人看起来年纪已经很大。水泥是纸袋子装的，她们从货舱底下先搬到吊网里，吊网用起重机举起再放到紧靠船边的舢板上。舢板上等候的女工们再从网兜里将水泥抬出卸到舢板。一天下来，每个人全身上下灰头土脸，看不出个人样儿，仅能从她们之间说话的声音来确定——她们全是女工。那么男人呢？男人都到哪儿去了？难道都去当兵打仗了？

每次停岘港，当地驻扎的美军都会派一个美国士兵在舷梯处守卫警戒。整个港口，为了预防越共破坏、水鬼突袭，天一黑就开始戒严,戒严之后每隔十来分钟,美军会扔些不知什么到海中,接着会从水中传来一声声低沉的爆炸声。

因为对这场战争充满了好奇,我经常找这些卫兵聊天。单从新闻报道上看,美国人打越战入侵越南,干预他国内政,当然不会说自己不对,而会说自己是站在正义的一方。"要防堵赤祸泛滥嘛! 是为了帮助别人免于被共产党的独裁专制政权奴役嘛!"但聊得越多,让我感到莫名其妙的地方就越多,好像不是这么一回事! 这些美军士兵给我的印象是他们根本不知道为什么大老远地跑到这里来。很多美国士兵也不想来,想回家。自然而然,我想起了我弟弟和他同学们经常听、经常唱的美国歌谣——*Blowing in the Wind*,*The Cruel War is Raging*,*Green Green Grass of Home* 之类的反战歌谣。

实习前,台湾的"中华民国"政府已在 1971 年 10 月 26 日被迫退出联合国。联合国的中国代表权由中华人民共和国政府继承;1972 年 2 月 28 日美国和中共签署《上海公报》,开始"关系正常化"。

美国同意跟台湾断交,废除《中美共同防御条约》,从台湾撤出军队。此外,移交琉球群岛给日本时,美国把中国领土钓鱼岛一并移交,海外台湾留学生爆发保卫钓鱼岛运动,连台湾岛内的台大、政大都有学生上街游行,在报章发表文章(包括王杏庆、王晓波、陈鼓应、马英九、林孝信、洪三雄、周本初、胡卜凯等人)。而当时的国民党政府既无能保护自己的领土钓鱼岛,又纵容资本主义跨国企业席卷台湾,并在戒严法为资本家护航的体制下,使得低下阶层工人、农民的权利饱受剥夺、打击。

当时,我很失望也很愤怒,也更引起了我的疑惑。于是,我想搞清楚中国近代史,找出国民党在大陆真正失败的原因。

下船不久等待入伍期间,有个海专同学找我到他父亲开的贸易公司当英文秘书。我去了,干了不到半年,因为接到入伍通知,只好辞掉。

入伍后,先在湖口的陆军装甲兵学校接受为期半年(记不太清楚)的预备军官训练。等训练完下部队,我当过几天反装甲排排长,过了不久改调补给排排长,然后一直到退伍。说实在话,当兵一年多的经历令我非常失望。我看不到未来有任何希望,因为看到部队的士气与训练方法,别说去"解救大陆同胞",很可能连自己都救不了。

那时的部队还有很多跟着国民党到台湾的老兵、老士官长。老士官长在部队里面待了一辈子,早年又不让他们退伍,现在等于让他们在部队里混日子! 另外,我是补给排排长,我们排里管的很多,包括弹药、油、车辆、服装、伙食,没多久,我发现营里面的汽油经常被盗,但又能如何?

1978 年我被关在景美看守所时,所里面遇见过因为盗卖军油被抓进去的人,不过,盗卖军油在部队里面太普遍了,抓不胜抓啊！

总之，本来船上半年已经让我够受的，当兵时又看见这样的部队，一年十个月下来，不用说，国民党在我心目中的地位开始逐渐坍塌了！

退伍后，在找寻工作外，仍继续找时间买书看书，因为"找真相"的想法已经在心中固定了。可是当年在台湾如想深入研究，一般人根本看不到自己想看的书。

于是，我就参加了台湾观光局导游人员讲习班培训并通过英语导游考试。结业后，任职文宾旅行社，预备筹存留学美国的费用。

那时的大学毕业生，上班一个月能拿两千元台币就不错了，而我当导游则一个月能赚一万元台币。有的人可以拿更多，特别是日客导游，那种导游和色情业几乎没有不挂钩的。不过我是英语导游，带的是散客，没碰过找女人的观光客。

那时来台湾的许多日本男游客，几乎不干别的事，就是为了玩女人。我固然憎恨这些日本嫖客，但让我更愤恨和痛心的，却是一些同事在描述日本嫖客践踏我们女同胞时的恶形恶状，竟还能开怀大笑，不以为耻。像这样的工作环境，我实在难以忍受下去。正好在这个时候你给了我出境留学的机会，我就辞职了。

后来发奋读书顺利通过留学考试、托福考试，申请到了美国学校，而我最后之所以选择那么一个不知名的学校，最重要的是那个学校没有台湾去的学生。我可以避开别人的注意（因当时在美国的校园，帮着台湾负有特别任务的职业学生很多），可以专心研究自己想看的书。此外，我也是看准了这个学校的 International Studies 系里面有个 China Study，既然有 China Study，就一定有中文书籍，那么我想知道的资料应该能找到。万一没有中文书籍可供查阅，起码会有相关的英文书籍吧！

结果，去了后仅仅用了一个学年就找到了答案。在这一学年中，我阅读了大量的资料。学校里面的，旧金山华埠书店买的书和杂志，附近斯坦福大学图书馆的书刊，洛杉矶长滩市（Long Beach）街上二手书店里买的书刊。中文、英文都看。

很多书和档案我都看了，包括大量的回忆录，如赫鲁晓夫、哈理·霍普金斯、杜鲁门、艾奇逊、麦克阿瑟的……还有数不清的史料。关于中文的史料，最重要的当然是《毛泽东选集》的头四卷，我连着看了好几天，一篇又一篇，一遍又一遍，读完后连简体字也全认得了。

当年我还有一个最大的疑惑：为什么美国国务院在1949 年 8 月 5 日发表《中美关系白皮书》，决定退出国共内战，不再援助国府？这对国府反共抗俄的民心士气打击很大。不久，国民政府撤退到了台湾，隔年（1950 年）美国总统杜鲁门于 1 月 5 日发表"不介入台湾海峡争端"的声明，然而同年 6 月 25 日朝鲜人民军越过三八线，向南韩进攻，美国为什么又在 6 月 27 日立即下令第七舰队巡防台湾海峡，并在 1954 年 12 月 3 日与台湾当局在台北签订"中美共同防御条约"，又开始干涉中国内政呢？

这个答案好找，因为很多事情，其实只要解开了一个结，别的事情就豁然开朗了。因为在制定外交政策的美国人出版的很多书里都能找到原因。那就是美国政府企图将两岸分裂的现状固定化、永久化，搞"两个中国"、"一中一台"，最终将台湾从中国分裂出去。也就是"鹬蚌相争，渔翁得利"。美国的险恶用心昭然若揭。

得到了答案，我就确立了目标，中国人不应再有内战，再坠入虎狼（以美国为首）环视的陷阱之中。

我在十六还是十七岁的时候曾经看过一部美国片，叫 *Custer of the West*。我看到落后的印第安人在白种人发明的新武器——机关枪下，一个个躺下了。

这部片子让我真正明白了西方人，或者是美国人的文明。那就是强者的文明，弱者的坟场。等我在美国一口气看完了《毛泽东选集》，也理解了他为什么说落后就得挨打。

虽然，我也经过一番是否要转科、转学或返台的纠结，而且中国刚经过"文化大革命"，让我对共产党在中国大陆的治理方式也有许多疑问。但抱着"中国人的事由中国人自己解决"，不让外国人渔利的心愿，我还是决定返回台湾。

返台后,我用了你给我的五千美金开始购买中英文打字机和小型的油印机,找了几位原先认识的比较有思想的热血青年,经常聚在一起彻夜谈论问题。于是两岸必须和平统一的"革命"就这样开始了。

信不信由你,我自美返台不是为了反国民党而反国民党。至于回台湾的目标是什么呢?非常单纯,就是设法唤醒台湾民众不再受制于处心积虑分裂中华民族的美日帝国,希望他们滚出台湾,中美尽快建交。只要台湾失去美国做靠山,就无法"反攻大陆",两岸才有"和平统一"的希望。但是,我又不是傻子,我和当时的国民党政权唱反调,会有什么结果难道会不知道吗?

那时,"中华民国戡乱时期惩治叛乱条例"第二条第一项就是——死刑。

我看了一遍又一遍。最后,我还是选择走向了死亡。因我相信范仲淹说过的一句话:"一家哭,何如一路哭耶!"

虽然我并不知道能改变什么,或许很多人会觉得我选择走上绝路,只是纯粹的愚蠢。

可是,我当年是心甘情愿地去找死。找死的目的就是为了不让一路哭。要不然,我活着也觉得没啥意思。就像清朝末年,在中国危急存亡、国不成国、家不成家的危急关头,我们这个民族总有一批青年人会跳出来。如果我活在那个时代,我相信也会跟他们一样。当然有的人会选择逃避,选择安逸,选择享乐,选择小确幸。

　　我的判决书里有一处提到:"戴华光受到谢伟志(John Service)①影响"。没错,我在美国读书时,谢伟志来我们学校演讲,听他大声疾呼,要美国国会不要受到在台湾涉及大量利益的美商误导,拖延与中国大陆建交。谢伟志当时年纪很大了,我才二十出头,我若是真要跟他请教些什么,我想他也未必有时间有精神理会我。只是他正好与我部分的想法不谋而合而已。

　　所以,我在美国读书期间纯粹是自修、自学,我没有接触过美国当地的"保钓"人士,也没有接触其他政治立场的台湾人。如果把判决书完整看过,里面的瞎说胡编就更明显,说"戴华光叫吴恒海跟大陆联系"。假如我真打算跟共产党联系,在美国或任何其他国家地区联系不好吗? 不容易得多吗? 用得着等回了台湾再设法联系?

　　我们这个案子后来定了我是案头,说实在的,这是在往我脸上贴金! 因为我戴华光没有这么大的本事,能指挥别人。我们是同龄人,只是志同道合在一起工作,无所谓上下之分,而且,他们都是有见解有思想,关心国家的"愤青"。所以,当时大家的行为都是自发的。但是如果案发时,相互推诿,争先恐后地说别人,不就是要大家一块儿死吗? 没有意

---

① 曾任美国驻港副领事,并随美国调查团访问延安。

义。再说，我自美返台，就已抱定不成功便成仁的决心，所以国民党既认定我是头，那也确是我起的头，故在当时加在我身上的任何罪名，我就一个人扛下来，要死也就死我一个吧！

所以，当我被抓后，为什么在审讯过后不说话？那是因为我实在无话可说。我一不是共产党，二那时又根本看不起我曾经加入的国民党，我能说什么？我原本寄望的大陆又才经过了十年的"文革"破坏蹂躏，我的心也很纠结，在那时，让我喊共产党万岁？也不可能。

当然，我没想到自己会不被判死刑。时过境迁，今天谈这些都没关系，已经没有脱罪的问题，而是要肯定我的同案难友们，他们都是勇敢的中国人——居住在台湾，怀有中国心，并有大是大非的中国人。我很高兴当年能认识他们几个，有他们几个"战友"。

也许当初几个人聚在一起的目的不完全一样。可是，对我来说，那无所谓。只要能表达我想表达的一种意见就行了！

什么意见？就是："中国人不再内斗，美国人别再干涉中国内政，滚蛋！"

于是，我们筹组"台湾人民解放阵线"（当时台湾党禁还没解除，这又触犯了禁忌），写英文信给在台湾的美商，叫他们离开台湾。我到现在都还记得头几句："We have assembled and unanimously agreed that the staying of foreign imperialists and capitalists in Taiwan is the main obstacle to achieve our goals in which we pursue the unification of China and the liberation of people of Taiwan."翻译成中文："我们追求的目标就是中国的统一，我们认为这些外商、资本家，是我们的阻碍。"

我们投递这样的信件，并不是真认为这些人会被我们吓走，毕竟我们没有那么大的能耐。主要是想通过这封信传递出一个信息，让美国政府知道，台湾已经有这样的人、这样的态度。说是"心理战"也好，就是要让美国知道，台湾不再是蒋介石活着时候的台湾了。因为当时美国内部对于和中国大陆建交仍有一些阻力，主要是受到在台湾涉及大量利益的美商误导。我们希望这封信能成为一针催化剂，让美国能赶紧下定决心，不再拖延。此外，我们还印传单到几所大学派发，直至被抓。

可是，可笑的是，也不知道怎么回事，这宇宙的规定并不是照着人的规定来的，它的很多规定，偏偏是跟人的规定相反的。

你想活，你不见得活得了；你不在乎死，你也不一定死得了。至于为什么国民党没判我死刑，我是直到今天也没弄明白。①

----

① 据事后查知：当时美国总统卡特提出"人权说"，同时美国统派人士及"反对台湾秘密处决政治犯委员会"在 1978 年 1 月 12 日的《华盛顿邮报》刊登全页广告，呼吁各界营救戴华光及台湾其他政治犯。毕竟台湾当局必须考虑国际舆论压力，也不得不遵从这一原则。所以，大弟才幸免一死，改判无期徒刑。

刚坐牢出来时,我看了家里人帮我保留的 1978 年判刑的报纸,上面写着"戴华光在法庭上脸色发白,浑身还发抖"。哈,这些玩笔杆子的! 一个连命都敢豁出去的人,当听到了宣判不是死刑的时候,心里只是嘲笑自己命大。这不是说我很开心,只是没料到,居然让我苟延残喘地活到了今天,看到了希望。

真的,眼看两岸中国人很可能不会再打仗了,我可是活得越来越高兴了啊!

从大弟的信中得知他当时所以选择这条不归路,实在和整个政治、经济、文化纠葛中的社会环境有关,这种环境影响了七十年代台湾青年的思潮。

当时的台湾岛内,因青年"保钓运动",许多学生上街游行,在报章上发表文章,促成了经过五十年代大整肃而断绝的反帝民族意识的重新觉醒。一些关注劳工农民的知识分子遂在 1976 年创办了《夏潮杂志》。

林牧在他的《戴华光案的历史省思——萎顿、挫败下的民族悲剧》一文中写道:

无可讳言的,自 1950 年韩战爆发后,美国第七舰队封锁了台海,在此同时,国民党"政府"也进行了相当程度的肃清活动,许多抱持理想的知识分子,相继自历史舞台上消失。

紧接着来的是，西方资本主义（尤其是美国）的大波抢滩登陆。台湾在经济、政治、社会形态上，遂面临一个洋化的强势文化力量。在支配下，台湾成了依附；在体制下，台湾铺设起一套类殖民地的生活公式。

"殖民"对土生土长于台湾的中国人，是一个浑浑然的噩梦。1842 年鸦片战争，中国被列强瓜分；甲午战后，一纸《马关条约》，不仅卖断台湾人的生存空间，也同时卖断台湾人的尊严；民族主义在日据时代遭强烈的践踏与毁灭。抗战胜利后，1949 年，国府撤退来台，紧随而至的资本主义蜂拥而上，形成另一形态的经济性、文化性殖民，台湾在被支配下，成为国际资本主义的依附品。

类如这般的政、经环境，引起了许多知识分子的忧心与不满，于是纷纷从书本，从历史，或从深刻的思考、讨论中，去求一个合理的诠释与解决的途径。然而，在困顿、萎弱、无力之余，竟一派浪漫而异想天开地用自己的方法、激情的言论，来试图改造这个社会，以致干法，而身陷囹圄。

其实这是一个纯自发的，与外无涉的行动，自不免产生种种过激的行为，与干法的手段。

"爱国"在那个时代是个很痛苦的词，而大弟只是一个走在时代巨轮前的悲剧人物，在这个历史激流急转过程中，不幸仆倒的爱国青年中的一个。

第七章　绿岛探监

虽然大弟逃出劫难提前出狱，但他一生最宝贵的青壮时期黄金岁月，却被葬送在突如其来的桎梏之中。他为了不愿一路哭，情愿一家哭，确也让我们一家跟着受苦受难。所幸，当时小弟正在妈祖北竿岛大炮连服兵役，因此幸免于难，否则，两个儿子都陷入牢狱，母亲定会疯了！

台湾戒严期间因为"恐共"，经常有人无故"失踪"，不仅家属噤若寒蝉，亲友邻居也会像遇到瘟疫，纷纷走避，问都不敢问，唯恐遭受连累，惹祸上身。

于是，大弟案发后，父母立刻搬家。我们三姐妹虽都已出嫁，在家相夫教子，没有工作上的影响，但对各自的婚姻也难免形成一定的伤害。当时在台湾，谁愿意有个政治犯（如同大陆的"黑五类"）的亲家？即使亲家不介意，他们也难免会受到一些间接的影响。大姐的夫家相当富裕，为此开始办理移民。

大姐的丈夫原本就是一个个性懦弱、没有主见的富二代，所以，对于父母的决定不敢有丝毫忤逆。然而，大姐哪忍心在父母最痛苦的时刻离开他们，只好离婚。即便我在境外，也因鞭长莫及,无能为力,而深受煎熬。

我那从商的丈夫,对于大弟的身陷囹圄,更是如此批评:"出境不好好读书,不仅没有学成归国,成家立业,孝顺父母,反而去搞什么'革命',简直不自量力!还连累家人!"当然他这么说,自有其道理,但在当时有如在伤口上撒盐,更对我深陷痛苦的心灵形成一定的伤害。何况,如果两个人的价值观和信念完全不同,不仅无法争辩,甚至连对话都无可能。

虽然我有时也会埋怨大弟不为家人考虑,但我更认同曼德拉说的话:"如果发出声音是危险的,那就保持沉默;如果自觉无力发光,那就别去照亮别人。但是,不要习惯了黑暗就为黑暗辩护,不要为自己的苟且而得意扬扬;不要嘲讽那些比自己更勇敢、更有热量的人们。可以卑微如尘土,不可扭曲如蛆虫。"

小弟退伍后,若说大弟的事对他的就业道路有莫大影响,似乎是自欺,但若说对他没有一丝影响,那也是欺人。因为所有政府部门、国营企业、教育机构、新闻媒体,都因为政审过不了关而不愿录用他,甚至去一些民营商家求职,有些也怕受影响,因而到处碰壁。当然,有着传统思想的母亲认为大弟被判无期徒刑,为戴家传宗接代几已无望,因而小弟受到的压力更大。然而他想找一个合适的女友都不可能,何况谈婚论嫁,因为,谁会愿意跟一个政治犯的弟弟谈对象?!

最后,小弟只能帮出版社当翻译(不用上班,就是论字计酬的工作),做了三四年,考入文化大学印度文化研究所继续进修,并在补习班教英文。

大弟自 1978 年 1 月 17 日被判无期徒刑,至 1988 年 1 月 13 日蒋经国去世,减到 15 年,1988 年 4 月 22 日,在蒋经国去世百日全面特赦政治犯的时机下终于重获自由。在这十余年中,小弟生活的重心几乎都和大弟有关。

他每星期和大弟通信一次(狱中规定一星期只能通信一次,而且只能写一页纸),告诉他家人的近况,当然都是报喜不报忧;帮大弟买他想看又被允许看的书,帮他买各种他开的中药(直到他出狱后我们才知道,他在狱中曾经病危,最后靠看中医书和吃中药自救,才死里逃生。当然,也有许多药是帮其他没亲人或家境差的狱友买的);最重要的任务就是千里迢迢带着母亲,每月一大早从台北松山机场搭机去台东,然后转乘八人座小飞机飞往绿岛,下机后再搭车(由于岛上汽车较少,往往只能搭乘摩托,母亲体型庞大就更加辛苦)前往那深不可测的政治犯监狱——绿岛探望大弟,然后赶在当天再回到台北(因在绿岛没有让外人住宿的地方)。

绿岛原名"鸡心屿",取其形态若鸡心,面积约 16 平方公里,后来又叫"火烧岛"。

所以得此名,除了它乃一火山集块岩构成的岛屿外,还有多种解释:一说是早期先民入岛之初,观音洞台地附近常见红色火光和火球,在台地上来回滚动,红光四射。经岛民入山寻找,才发现有酷似观音坐像之钟乳石,因而得名。二说因岛上渔民出海捕鱼常遇浓雾,为了让亲人安全回家,家属于高山上点燃一堆堆篝火,作为指引回航之标志,于是夜间岛上火光冲天。三说过去岛上没有电,也缺乏燃油,到了晚上,岛上居民就点燃火把照明,远远望去,好像整个岛都在燃烧,故名"火烧岛"。

直到日本统治台湾期间,这里就成为专门关犯人的地方。因为绿岛位于太平洋中,四面环海,与世隔绝,犯人不易逃脱,几乎是有来无回。关在这里的全是重要的"政治犯"和黑道的领袖人物,于是它还有一个可怕的名字:"魔鬼岛"。

其实绿岛的景致相当优美,远远望去,全岛一片绿茵蔽日,树木繁茂,坐落在碧海白浪中。所以国民党退居台湾后,深觉"火烧岛"名称不雅,1949 年改称为"绿岛"。然而景色再美,我们也没有心情欣赏。此外,岛上的三座监狱的名称也很美,分别是"绿洲山庄"、"进德山庄"、"自强山庄"。大弟被关在"绿洲山庄",不明就里的人光听这名字,还以为是哪家房地产商开发的别墅小区呢!

就为了那每月的半小时探望(狱方规定),每次都花掉小弟近半个月的薪资。

当我从国外回到台湾,就由我陪着母亲前去探望,大姐也间中陪着母亲去过几次。

虽这么辛苦折腾,母亲从没落下一次不去,因只要见上儿子一面,说上几句话,母亲的心就踏实了!回到台北家后,她又开始数着下次见面的日子。

其后几年,由于母亲年岁已高,加上大弟的劝阻,才每隔半年前去探望一次。

或许真是因为路途遥远，交通不便，我们在绿岛从未碰到过一个前来探监的受刑人家属。

还好新家附近有间基督教会，母亲经常去听道，和教会的姐妹们一起去做公益的事。有时，我会带她出境散心，才能帮她度过这段艰难又悲痛欲绝的日子。

然而，和大弟一起入狱的赖明烈和刘国基就没那么幸运了！赖的母亲在1986年1月脑溢血过世，离他出狱仅差半年！刘更惨，他的父亲在1985年3月病故，他要求回家奔丧，狱方不批准。于是，大弟发动抗议，因而被关进黑牢，赖明烈向狱方写"绝食血书"（详见附录二），最终狱方批准刘回家奔丧。

那时，任何犯人无论是从台湾本岛押往绿岛，还是自绿岛押回台湾本岛，都得戴上手铐和脚镣，以防逃跑。其实，这是非常不人道的做法，万一遇上空难，他们必死无疑。

所以，当好几位狱警架着枪陪同刘步入灵堂时，刘的母亲见儿子戴着手铐，顿时吓坏了，以为他在监狱天天受此酷刑。刘号啕痛哭，跪在父亲的遗像前磕了几个头，要求狱警解开他的手铐，为父亲上香。狱警不允，刘靠在墙边，对着一位押解他的校官厉声说："如果你们不解开我的手铐，我就立刻撞死在这里！"校官一听，要是押解的犯人出事，他可担不起这责任，就赶紧将手铐解开了。刘为父亲上了香，磕过头，狱警立即架着他离开。刘走后，他的母亲因担惊受怕，伤心过度，在1987年7月7日刘出狱的前一个星期也过世了！

第八章　先行志士

大弟的案子，据当时报纸刊载，"警备总部"发出的奖金不菲，仅检举人就给了台币一百万。这在 1977 年可是非常高额的奖金了——那时台北一套 20 多坪（约 66 平米）的公寓才卖台币三十万（人民币六万左右）！因为此案抓获的是一个"匪党"的外围组织"人民解放阵线"，而不只是一个"匪谍"。

现在想起来都觉得可笑，相信当时中共都会觉得莫名其妙，他们什么时候居然在台湾发展了这么一个外围组织。国民党居然向他们"推荐"了这六位全部出生在台湾，从小在台湾受教育，从未离境（除了大弟 1975 年 9 月到美国留学不到一年），从来没加入过共产党也从未接触过共产党的新"党员"。

自大弟被抓，大姐就怀疑举报人是他女友的父亲。因为和大弟最亲近的女友居然不在被捕之列，而且在案件公开前，她是第一个通知母亲的人，事后就从未和我们联系，连家也搬了！

我们虽气愤，但也苦无证据，事后，也能理解在"白色恐怖"时期，身为父亲，为了保护女儿不受牵连，举报也是必然的。

直到最近，我才敢问起大弟对此事的想法，他在回复的电邮里写道：

　　我和她第一次见面具体的时间想不起来了。妈妈和她
妈妈好像在我们住板桥时就认识，而且还结拜过。所以妈妈
叫我们喊她母亲为姨妈。第一次在自立新村见面时年纪都
还小。我正在海专读书，她有一个妹妹，一个弟弟。并没说
什么话。因为不好意思。

　　经过了很多年，这段时期我也交过几个女朋友。妈妈虽
然跟她母亲有联系，但在我印象中，他们以后也再没来过我
们家。一直到我出境前，母亲非要我到她家跟他们辞行，才
又见了面。这次见面也许都大了（她比我小四岁），她正在铭
传读书，见面后不再像小时候那么腼腆。记得当天晚上聊得
很开心，也无视别人在场，居然聊了很晚（这是我有生以来的
第一次）。

　　出境之后我们的书信一直未停。有一次还因为我信的
内容过于激烈，她将她的回信交给了我海专的一个同学，让
他在航经海外的码头时投递给我，要我以后别在信上说不该
说的话。因为她父亲是三军参谋大学的教官，学生很多。有
一位在"警总"任职的学生，曾为我信内容的事询问过她父
亲。从那以后我就不再在信上和她谈政治。

　　回台之后，我们继续来往。虽然感觉她母亲不太乐意
（因为我的回台，不再留学），但也没真正反对我们交往。我

经常到她家。我们相互约定每个月存多少钱,准备将来结婚用。我们甚至买了戒指私底下订了婚。我们也有过孩子,当她告诉我时,我已无法承诺结婚的事,于是,在她强烈的要求下,虽然我内心非常不愿意(今天想起来当然可笑,但那时候不知道为什么,我心里很想在我死前留下一个后代),最后还是带着她去偷偷打掉了。

但是,可能吗? 我们的梦想? 结婚生子,从此过着幸福快乐的日子?

我并没有把所有的事都告诉她,可她不是傻子,多少感觉我正在干着什么。

直到有一天,我再也无法忍受自己心中的煎熬,约她见面,决定跟她分手。

分手是在大直桥下进行的。她听到我说分手,一时错愕不已,哑口无声。因为,经过了一年多全无后援完全自主的"革命"工作,我已身心俱疲。望着她两眼哗哗的泪珠,我记不清那天晚上说了些什么了。

三姐,实话说,如果真是她父亲举报的,我一点也不生气。你们更不该生气。那天晚上她哭着回家,家里人肯定是会问的。但我坚信即使她的家人生气或怀疑,也不至于会去举报,想置我于死地。

从大弟回复我的电邮里,起码让我分析出一些端倪:

一、他在美国与女友通信期间,已被"警总"注意了!所以大弟返台后的行踪必然都在"警总"掌握中。

二、这只是他和几位有着共同理念的朋友在没有任何外援和资助的情况下的自发性行为。

三、他是真心爱着女友,提出分手是为了避免让她受到牵连。分手后,如真是女友父亲为了保护女儿而举报他,他也不怨恨。

四、既然女友已提醒大弟,她父亲任职"警总"的学生已问起他俩来往信件的内容,大弟就绝不是茫然不知,而是"明知不可为而为之"。他为了"两岸和平统一"的民族大业,宁愿牺牲爱情、婚姻、孩子、家庭和自己的性命。

由此,也验证了 1977 年 12 月 5 日《星岛日报》的那篇报道:戴的活动就像他"有意被捕"一样。他们的行动真的是"太天真"、"太不小心"和"太业余化了"!

这时,我的内心深处像遭受了重重的撞击,这种感觉竟然和我在姆鲁山洞(位于马来西亚沙捞越)观看蝙蝠出洞奇观时类似。

姆鲁山洞的鹿洞里有着成千上万的蝙蝠,只要不下雨,每天下午 5 时半至 6 时 15 分,就有 100 万至 300 万只蝙蝠,由鹿洞口成群结队地飞向天空,捕捉昆虫为食物。不过,因为有老鹰等在洞口伺机捕杀,所以,每次蝙蝠出洞,必有一些愿意牺牲自己去喂饱老鹰的先行者,才能让其他蝙蝠安全出洞。

牺牲,本就是一种不得已的非常手段,是弱者在最残酷、血腥的死亡绝境中，被迫选择的、唯一可能制胜的形式。

"风萧萧兮易水寒，壮士一去兮不复还"。这是许多人都知道的一首慷慨悲歌。这支悲歌象征了侠士的正义和烈性，象征了作为一种失败者的最终抵抗形式。

在司马迁所著《史记·刺客列传》中，只记载了五位侠士，荆轲是其一。可见，这种高贵的精神，在人类中并不易见，它可能百十年一发，但姆鲁山洞的蝙蝠，却将这种高贵的情操，天天显形于世间。

当蝙蝠出洞时，几十只蝙蝠自洞口冲出来，霎时，守在洞口的一群老鹰擒住了它们各自的猎物。

不一会儿，残存的蝙蝠又飞回洞内。我想，它们应是通知同伴，危险已除。没多久，一条条抖动着，聚拢成黑色飞龙形状的成千上万的蝙蝠，不停地自洞内蜂拥而出，在天空中摆动飞跃。

这简直是我无法想象的景象。我一动不动，屏住呼吸，而这一刻就永远活在了自己的心里和血里。

就是因为有这些牺牲者，蝙蝠的香火才得以延续。

就是因为有许多像大弟一样愿意牺牲的先行者，台湾最终才能完全解严解禁，两岸同胞才得以相聚。

记得一位哲人说过：每个人的内心都富有勇士精神，只不过，时间的推移和不幸的命运使得其中一些人逐渐失去了这种勇士精神，但是，意志坚强的人却绝不会屈从命运和天数的安排，他们会一如既往地奋斗、求索！

而这些人往往在辛勤耕耘、不懈奋斗的过程中，在还看不到任何成功希望的情况下，仍然会坚持，靠的就是一种超凡的勇气。即便许多勇者在奋斗的过程中未能取得成功，他们的勇气和品格也绝不会有所折损。

　　这就像日以继夜、前仆后继、不停拍打着岩石的海浪（这海浪是由历史洪流、时代潮流掀起的，是人民的力量相激相荡的产物），久而久之，海岸的形状就慢慢改变了！

第九章　迷雾重重

在台湾"立法院"于 1988 年 4 月 16 日三读通过"全面减刑"当天，台湾人权促进会就立刻由会长李胜雄律师、主任干事陈菊和民进党的"立法委员"许国泰、余政宪、"国大"代表翁金珠、台北市议员颜锦福以及一些受难家属代表等近十人，于上午 8 时 20 分由台北搭机，经台东前往绿岛监狱。典狱长吕自守及戒护科长等重要干部亲自出面接待。

吕自守表示，减刑条例虽尚未定案，但根据报上披露的立法要旨，受到全面减刑将在 4 月 22 日出狱的政治犯已经开始收拾行李。上午 11 时左右，狱方安排台湾人权促进会指名要接见的十四位知名政治案件受刑人，到大礼堂一齐会见，并为他们每人准备了一张卡片与数千元不等的慰问金，并且承诺，未来政治案件受刑人出狱后，无论生活上还是其他方面若有疑难，他们皆会尽力协助解决。大家都很高兴地与台湾人权促进会有关人员会面交谈，唯独大弟不愿出来会面。结果，陈菊亲自到牢舍探望，并表达了外界关怀之意。

4 月 22 日清晨的绿岛烟雨濛濛，释放行动分梯次进行。上午7时许，狱方先将十一位获减刑出狱的政治犯（包括戴华光）载至绿岛机场，搭机至台东市丰年机场，陈菊等十余人，包括外籍人士史迈克（身份不明），均在出口迎接并一一献花。

机场聚满了争相采访的记者，使得几坪大的候机室热闹万分。

当大家看到自机场出来的大弟时，简直不敢相信一个才三十多岁，入狱前英挺逼人的戴华光，如今却已头发半秃，满面沧桑。他的眼睛茫然无神，对眼前蜂拥而上的人群表现得异常冷漠平静。

当时翻案风大盛，许多人要为他"平反"，因此而成为新闻人物的戴华光，当然是媒体采访的重点人物。然而，第二天国民党的主流媒体对他的采访却是如此报道："我不会翻案，我的牢坐得并不冤枉，因为当时自己希望海峡两岸和平解决问题，而且我又认为国民党政权是无法挽救的——那是我当时的观点，所以我从这个观点出发，做了我当时认为'对'的事。现在国民党的作为已经开放，目前两岸的政策就是过去我的想法，所以，不愿多谈政治，也不想参加任何政党（报道中说民进党的"立法委员"去看过他三次，但是他都没有见）。从此以后看书、研究中国医学、打坐才是我延续不停的正课，其他的都算是身外之物，没有必要去理会。"

他还说："最近六年，我每天都练习打坐，可能是长时期打坐的影响，使我看破了一切，我对过去的人与物，不再存有怀恨和留恋,对以后也没有长远的计划。只希望赶紧找到一份工作,赚钱养家,尽我过去未尽的责任。"

此外,报道中还提到:戴华光认为家人连同许多团体为他到"立法院"陈情,并无必要,何劳争取。因为他三年前和一位同监的狱友就已知道他不用服完刑期就可提早出狱了!

第二天大家看了这些报道后,都觉得他的说法不可理喻,认为不是报章断章取义,就是他刚出来还不适应以至于胡言乱语。但是真正让大家担心的,却是怕他在牢内早已被摧残折磨到精神错乱了!

想必听到他这番言语,最难过的一定是小弟和他那两位提前出狱,一心想要翻案的难友——赖明烈和刘国基。

赖出狱后,于1988年成立劳动人权协会,并出任创会会长;1989年3月29日成立劳动党,他是九个中央常委之一。刘国基则担任夏潮联谊会秘书长,他们配合其他有着共同理念的团体和组织,仍积极为促进两岸和平统一而奔走。

他们本以为华光出狱后,在国民党已改变的两岸政策下,便可以毫无顾忌,再度与之携手,共创大业。没想到,他竟是如此表态。

对于华光拒见和他理念完全不同,走台独路线的姚嘉文("立法委员",当时为民进党党主席)、陈菊以及那些民进党的"立法委员"、"国大代表"和市议员,他们表示认同,但认为他不应该拒绝出席和他有着同一理念的伙伴们为他所设的欢迎会。

这也显得太不近人情了!

可是,鉴于他刚出狱,体谅他可能一切都还不适应,大家也就不以为意。

直到最近我因搜寻资料，找到大姐在台东丰年机场所作的记录，才发现大弟当时回答记者的提问，居然和第二天报纸刊登的区别很大。

问：为何拒见姚嘉文等人？

答：台湾多少为民主运动而奉献的无名英雄，我觉得应去探望，并且我认为姚嘉文先生不应该由于对国民党的恨而将台湾带上台独这条错误的路。

问：为何这次特赦，台湾人权促进会陈菊等人的探望你又拒见？

答：对于国民党的判决我从未接受，更不屑拒绝。

问：你当初的政治理念是什么？

答：我不懂政治，我以为不论国民党当政、共产党当政还是民进党当政，都应以民众的幸福安乐为最大目的。

问：你对目前的翻案风有何看法？

答：真能得到真相吗？

问：你对这次减刑的感想？

答：我从不认为自己有刑，又怎会有减刑？

看了大姐当年的记录，我稍许理解大弟出狱后为何拒绝一切采访及出席任何活动了！

大弟出狱当天，《台湾日报》特别刊登了一幅讽刺性漫画，画着他用一只大脚，踢走要帮政治犯翻案的人。

不知这幅漫画真正的含义是什么。但是大姐告诉我，她在1984年由戴独行介绍，去拜访过曾和大弟同一间牢房的林振霆。①

据他说，有一天，白雅灿（因抨击蒋经国而被捕）在他俩的牢房外大呼小叫地抗议典狱官。开始不知道所为何事，后来才听明白，原来是为了家里给他寄来的书已经检查通过，结果去领取时又不给他，白雅灿就气急败坏地大声抗议。

华光一向好主持正义，一怒，大牢的门就被他踢倒了！最后，典狱官将书给了白雅灿，但是，华光却惨了！他遭到处罚，被关进黑牢。那黑牢里的地是湿的，面积很小，人只能蜷曲着，牢门开了一个小洞，是送饭用的。华光在里面打坐，大声唱大悲咒并绝食抗议。这时，牢里的政治犯无论统派独派，都开始集体绝食抗议，经过十天，华光才给放出来。

曾听赖明烈这么说过："华光因为这种性格，导致他坐牢期

---

① 1957年3月20日，驻台美军上士雷诺击毙台北市民刘自然。5月23日，美军法庭宣判雷无罪。24日，刘妻到美使馆前举牌静坐抗议，一时群众云集，终致失控，演变成台美关系的敏感事件。林因到场采访而遭波及。戴独行与林政霆曾是上海新闻专校同学。

间受了不少折磨。监狱不可能是技能养成所,监狱反而是人性最易扭曲的地方,管理者、统治者的权力很容易腐化,是历史的铁律,而监狱尤然。记得 1978 年 5 月,我俩由新店军事看守所转送绿岛政治犯监狱的当天晚上,监方的戒护科长在晚餐后向戴华光恐吓说:'你如不服管教,我们就用麻袋丢你到太平洋喂鱼。'"

"华光除了爱打抱不平,他的无私和轻财更是闻名于绿岛。案发之前,我们需要一笔经费,华光几乎把离美回台后的积蓄全部拿了出来。他也经常济弱扶贫地散财,自己每餐只吃十块钱左右(人民币两元)。到了绿岛,他有的东西别人如需要,他就送给别人,家人探访送来的东西,一定送尽为止。这种胸襟,连被他爽直的个性得罪过的人都不得不叹服。"

小弟接着说:"其实哥哥在绿岛监狱里面至少被关过四次黑牢,上过一次脚镣,踢破两道监狱门。除了大姐说的那次,另一次就是国际特赦人权组织前来探监,和一些狱友进行了交流,事后,这些狱友全被上了脚镣和手铐。哥哥气愤不过,和狱警理论,狱警不断以言语侮辱他们,哥哥一怒,提起大脚用力一踢,又踢破了监狱门。"

"结果,哥哥又被关进黑牢。不知这次又被关了多久才放回大牢。"

明烈补充道:"绿岛政治犯监狱开监以来,有三道厚重的牢门被打破,一道是白雅灿的杰作,另两道都是华光为其他受难者抗议的成果。"

"这牢门是什么材料做的,怎么这么容易就被踢破了呢?"我好奇地问。

"好像是很厚的木夹铁门,其实不容易踢破的,也不知道哥哥哪来的这么大力气。"

接着,小弟又提起一些让我们心痛的往事:"记得在 1980 年 2 月 27 日,我和母亲前往绿岛探视哥哥时,见其面色极为苍白,就追问其由,他以极快速度说了几个重点后,便被停止与家人的会面。"

"他当时说:一、我自 1978 年 7 月起(大弟于该年 5 月 25 日由景美看守所转送到绿岛服刑)即被押于黑牢至今,而且每周仅有一次放风的机会,但管理人员却又经常以天气不佳为由,轻易取消。二、国际特赦组织人员上周来探问犯人,但被探问者当夜即被上脚镣手铐。三、尚有二十多位"二·二八事件"当事者被关在此。四、你回去后一定要把这些事说出来。"

"会面被停止后,我立刻向狱方反应,未料,一位中校级别的管理人员说,狱方并不负有向犯人家属说明受刑人在狱中状况及何以遭此待遇的义务,而另一位少校政战官也表示,狱中并非仅戴华光一人遭此待遇,另外尚有四十余名犯人同样如此。"

"返家后,母亲因忧虑过度,无时无刻不思及该日见面之情景及哥哥的面容,而一度努力几已深埋在心底之念子哀情重又翻回心头,终日以泪洗面,不能自已。"

"我则立即将上述情况告诉王津平(统派学者,曾任中国统一联盟主席)及汤凤娥(陈鼓应妻子),并找黄越钦(台湾法律学者,宣扬民主政治,为党外人士与执政党沟通)商量,他说两三天内会告诉我下一步该怎么做。我想,如果他奔走无果,就只能再通过关中(时任国民党中央政策会副秘书长,后曾任考试院院长)及陶百川(国民党内受人尊敬的长者,也是捍卫人权与言论自由的先锋)呈一封信给李登辉。"

"但是由于事关重大,不仅涉及哥哥,另外还有四十多人也是同一命运,我担心奔走未成,反而对他们造成伤害,因此,我极需要听哥哥的意见,请他立即写条子给我。"

"结果,没想到他秘密传给我的条子居然是他写的绝命书,这才知道他已病入膏肓。"

"于是,我顾不了那么多了,立即上书,代全体受刑人及其家属恳求李登辉'总统'法内施仁,颁布减刑,让这些政治犯有新生的机会。"

"狱友也开始发起绝食声援。哥哥终于回到大牢。"

"啊!是啊!"我突然忆起,就是在那段时期,有一次我回台,陪母亲长途跋涉到了绿岛去探望大弟,狱方居然不让见面。我们不知大弟出了什么事,狱方也不交代,即便我们怎么交涉哀求,狱方也只是冷冷地回应。我们再气再急也不敢发作,就怕因而让大弟在狱中遭罪。我们只能留下带给大弟的东西离去,等待一个月后的见面。

那个月母亲经常一边哭泣一边念叨猜测着:是否大弟病了?

还是出了问题？还是……各种可能都想到了，根本不敢再往坏的深处想。最后，就痛哭不已，跪地祈祷，求主保佑大弟平安无事。

那时，我们再担心，再难过，也只能强作镇静，不停安慰母亲，但心中的焦虑、疑惑、恐惧、悲痛根本无法言喻。

终于渡过了这漫长的煎熬等待，我又陪着母亲来到绿岛监狱，没想到，又不让见。

这时的母亲几近崩溃，声泪俱下地哀求道："你们为什么不让我见儿子？我上个月来，你们就没让见，这次又不让见，我儿子到底怎么了？他还活着吗？我求求你们，如果再不让我见到儿子，我就一头撞死在这儿。"

母亲哭着说着，几乎就要给狱官下跪了！我立刻抱住母亲，猛地将她拉起，不让她跪下去，因我绝不能让母亲受此屈辱。

不知狱方是感于母亲这么大年纪了，还是怕闹出人命，迫于无奈，只好将大弟从里面带了出来。但是，只让我们隔着铁栏远远看了他一眼，就被带进去了！这事让我们觉得诡异和蹊跷。

记得1979年9月我陪母亲去探视大弟时，监狱方还安排我们在一间小会客室见面谈了半小时，为何这次就变了？而且，我和母亲看到大弟的脸色泛灰，身体也肿得变了形，几乎完全认不出他来了！

到底发生了什么事？怎么才被关了两年多，就已被折磨得不成人样了？还有数不尽的岁月，大弟怎么挨得过去啊?!

那次看到大弟的样子，我担心他命不久已，原来小弟也有同

86

样的感觉。果然不久后收到大弟的绝命书,才惊觉需要立即采取营救行动,不能再有丝毫耽误。

说到此,唯一让我不明白的是,狱方一向对政治犯所有的来往信件(每周只准写一封信,限一页纸,两百字,所以这任务只有交给小弟去做)、书籍、衣物都检得滴水不漏,那么,小弟和大弟的秘密通信为什么没被察觉?

小弟答道:"我和哥哥通信,是从1978年8月退伍回台之后开始的(因在马祖服役时通信不便),当时哥哥仍拘押在景美看守所。我平均每周和他通信一次,除了信中内容,我们还利用密码传递信息,方法是:我们用白水把信封泡开,晾干后,用没有墨水的圆珠笔在信封粘合的底部和中缝处写上一些阿拉伯数字表示的密码,然后再仔细把信封粘好。"

"除了这个秘密通信办法,在景美看守所时,刘国基有一段时间在洗衣房工作,很奇怪的是,他们竟然可以洗外面的衣服,因此,我就经常把棉袄拿去送洗,并且利用这个机会在棉袄里面夹带写满字的布条。秘密通信之事,在哥哥转到绿岛监狱后仍继续进行。"

"后来我们的通信逐渐减少,也许他身体不好,我虽担心,但还能维持在两三个月通一次信。说实话,我和哥哥感情原本不深,平常写信,除了他和我谈些民族爱国精神的事,也就是些家常琐事,日子一久,本来也就没有什么可说,再加上他后来信里写的几乎都是中药和一些稀奇古怪的事,我就更不知和他说些什么了。"

"直到1988年蒋经国过世,经过减刑,赖明烈和刘国基提前出狱。我从他们口中知道,哥哥在狱中认识了一个类似'乩童'的名叫吕耿沛的诈骗犯,并奉此人为恩师。他们认为在以拘押政治犯为主的绿岛监狱,诈骗犯会和他们关在一起相当特殊,不少难友认为他是国民党安排在戴华光身边的内奸,以致狱中难友与他逐渐疏远。同时,由于哥哥的一些特殊言行举止,许多难友认为他已精神失常。"

"其实,只要坐过黑牢的都知道它的恐怖,在一个不到四平方米的狭窄空间,完全见不到天日,分不出白天黑夜,地面又是潮湿的,孤独一人'面壁思过',狱方高兴时允许你在昏暗的光线下看书,不高兴时,不仅没书看,还不让放风。除非你意志力特别强大,或者身体底子好,或者求助神明,否则很难挨得过,还有些承受不住的,黑牢出来后就疯了!"

"此外,哥哥还有几封令人不解的信,一次说因为三只猫如何如何避免了第三次世界大战,一次说他出狱时从绿岛监狱到机场的路旁会插满黄色幡旗迎风飘扬。"

所以,看到报纸上的报道,就算大弟真是这么说的,大家也不敢过问,怕又刺激他。但是,许多疑团一直在我们心中:到底他在近十一年的牢狱生涯中遭遇了什么事,竟让他像变了一个人似的?病危的他又是如何痊愈的?为何他会奉那个走私中药的诈骗犯吕耿沛为恩师?吕为何会被关在政治犯的牢狱中?大弟为何会信这样一个人?三只猫又是怎么回事?

一切一切都是迷雾重重。

第十章　寻求答案

大弟出狱十多年来，一家人都曾试图问过，他都不予理会。我也曾旁敲侧击问过他几次，最后，他这么回复我：

一个自己想寻死，而且知道迟早会有被捕的这么一天的人，你觉得他会有什么心情呢？事情已经过去了那么久，再让我去想这些事、提这些事，其实没什么意义。

出狱之后，不管哪个政党来过我家，都无所谓。何况我的性格本来就不适合从政。自从我入狱的第二年听闻中美建交（1979年1月1日），1987年台湾又终于解严，我们可以去大陆探亲，我当初"造反"的目的既然已经达到，就更没兴趣去趟政治那池浑水了。

出狱的初期我只想恢复我平常人的身份，找到从前的女友跟她结婚生子，度过余生，便很知足。后来发现她确确实实已经结婚成家，还曾一度打算出家。之后，在小光和大姐的劝说下，再想到母亲为我受了十多年的罪，便决定留下来帮助妈妈恢复健康。

对于母亲，我除了万分抱歉，跪在地上求她原谅之外，我还能如何？之后几年，我将开出租车赚到的钱，全用来买中药，因为，靠着中药，能将我从临死的边缘救回来，就能帮妈妈治疗肿得像柚子大的膝盖，更能将母亲的身体慢慢调理好。我曾经买过犀牛角、虎骨、牛黄，我还陆陆续续花了好几年工夫在北京同仁堂买了将近一公斤的熊胆，可是有一天回家，打开冰箱，却找不到我那一大罐积攒起来的熊胆粉。问爸爸，爸爸说，他以为那是发霉的东西，给扔了。

　　还有另外一件更让人揪心的事。我辛辛苦苦和朋友一起花钱买药配成的"法华丹"，我分的那一份，放在妈妈的身边，让妈妈按时服用。经过了多年，她早已经习惯了吃我的药。可是……可是……没想到大姐回来看母亲，收拾衣物时，以为是坏掉的食物，问都不问一声，就全倒进垃圾桶去了！

　　你说，这些事，我找谁生气去？

　　我只能这么想：走了的人，既然走了，那是命，谁也别怨。

　　我现在只能告诉你：我一直在避免成为另外一根针。经过了1985年的夏天之后，我再也不知道自己到底是不是自己。在那之前，我的所作所为，我一直都以为是根据自己的意志去做的。简单地说，我，我自己是拿着针的人。可是，从三只猫的事发生后，我猛然惊醒，发现自己原来只是一根针,是被拿着的针。可惜出狱后,这么多年来,我不知道真正的自己在哪里,也一直无法确定哪个才是真正的自己。

大弟说,发现自己原来是被拿着的针,又是何意?我是愈解愈糊涂了!既然他不愿提及,我就去找赖明烈和刘国基寻求答案。

刘目前已成为中国国内首位营销传播博士,在大陆各大学讲学,多数时间在北京。他告诉我,以大弟目前的精神状态,是不会回答我们一直疑惑的这些问题的。如果我想理顺大弟的心理过程,可能需要结合台湾现代史大事,包括政治、外交、社会、文化等事件。

赖目前已不问政事,定居上海,生活美满。他只能提供我当时的一些时代背景和我需要查阅的资料,其中包括他出狱后发表的一篇文章《想把被颠倒的历史颠倒过来的人——我所认识的戴华光》。至于关于大弟的那些疑问,他也没有答案。

他俩虽没明说,但感觉他们还是认为大弟的精神状态时好时坏,没有完全恢复正常。

我开始阅读明烈写的《想把被颠倒的历史颠倒过来的人》。文中有这样一段记载:

在戴家第一次见到戴华光,约在 1973 年左右。当时,我因附庸风雅地喜好文艺,而与他的弟弟国光和刘国基相从甚密。但这次的见面,导致后来十一年的共患难,并非只是"历史的偶然";毋宁说,那其中已隐藏了"历史必然"的契机。是怎么说呢?因为我们那一代的年轻人都生活在韩战/东西冷战/两体制——资本主义与社会主义对立/越战/东西和解/戒严体制/乡土文学论战/台湾进一步纳入世界资本主义经济体系的一个大时代里,而这个大时代所形成的"历史发展的必然规律"提供了我们一套思想体系,那就是:

第一,站在历史的发展观点来看,台湾广大的农工阶级,在执政者的低价政策及美、日经济殖民之下,过着资本主义人吃人的不公平生活,社会的生产力也因"人的自私"而无法充分发展。要解决此等困境,唯有反对资本主义在台湾继续深化。

第二,站在社会的发展观点来看,台湾在美国防共战略、国民党反共的戒严体制之下,内部的民主、法治、人性、文化等等生活,都受到极大的扭曲和践踏,人民与社会、国家之间的异化和疏离日益恶化。要解决这个难题,只有反对使资本主义运作遭受极大变形,使民主、法治、人性、文化无法正常发展的封建残余——法西斯统治。

第三,站在民族发展的观点来看,中国百年来的近代史就是一部反帝国主义的血泪史。1949 年以后,国民党为了巩固政权,不得不托庇于美国,而成为美国在西太平洋防共战略锁链上的一个环节,由此衍生出海峡无法和平、民族无法统一、民族力量无法发挥的后果来。要解决这样的历史使命,只有反帝,而与第三世界民族解放运动汇流才有可能。

戴华光案就是在"反资、反封、反帝才能解决台湾问题,促成中国和平统一"的思想架构下,在 1977 年发生的。

阅罢,我的疑惑仍未得到解答。我始终认为大弟身上一些令人不解的谜团,一定"事出有因"。

突然,我想起吕耿沛这个人。对,可以去问他。然而因为大家都怀疑他是国民党的内奸,又是个诈骗犯,根本没有人愿意和他来往,也不知道他目前的下落。

我只有通过互联网"人肉搜索",结果,映入眼帘的报道,让我大吃一惊!

吕耿沛竟然因涉及 2001 年 10 月 5 日在台北一栋公寓内发生的袋尸命案,在 8 日被捕。当时他刚过了五十一岁。新闻中写着,他曾有叛乱、盗窃、诬告等前科,而且还因没有中医执照非法行医,并讹诈病人高价买药,被病人举报,罚款判刑,现又因谋杀罪,已被处死。

这又让我更加困惑了!

正如其他人所怀疑的,像他这样一个走私中药、非法行医、讹诈病人的"乩童",为何会被关在政治犯的牢狱里?而让我觉得更加疑惑的是:如果他真是国民党特意安排接近大弟的内奸,那么国民党的目的又是什么?

还有,他医术既不高明,又贪得无厌,为何却愿意无偿提供价格高昂的药物,并能将病入膏肓的大弟救活?

　　最后,既然他神机妙算,为何不能预知自己将会大难临头,以至于走入绝境?

　　看来,这些疑团,只能耐心等待从大弟那儿寻求答案了!

第十一章　冤情逆转

小弟接了刚出狱的大弟，来到居住了快十一年，大弟却从未进过的"新"家。推开门，"扑通"一声，大弟就跪在母亲面前，说："妈！孩儿不孝，让您担惊受怕，吃了这么多苦。"

母亲俯身紧紧抱着大弟痛哭："感谢主！感谢主！儿啊！你可回来了！我求你，以后千万不要再谈政治了！好好在家安安分分过日子！"

大弟顿时抱着母亲痛哭流涕，点头答应。

那时我正在美国修读硕士学位，事后听闻母亲告诉我，让我大为惊讶！

没想到，大弟即便是在军事法庭上被判无期徒刑的瞬间，在监狱失去自由的十一年里，在被关进黑牢备受摧残、饱受折磨的时候，都没掉过一滴泪，没认过一次错。没想到，一回到家见到母亲，就像孩子一样号啕大哭了起来！想必这泪水里一定包含着太多说不清的感情，而心疼母亲为他受了这么多年罪，是绝对有的。

大弟刚回家的那阵子，除了国民党，许多政党代表都带着水果和慰问金来家里看望他，主要目的是想吸纳他入党（1991 年及

1992年,台湾将全面改选"国大代表"和"立法委员",在当时的政治氛围下,名气大些的政治犯如能参加选举或助选,多能成功)。然而,为了母亲,他毅然选择放弃,全都谢绝了!

现在他最重要的只是赶紧找份工作,赚钱养家。然而,在牢里十一年,自己已跟社会脱节,再说,当局还没恢复政治犯的工作权,即便要找工作也不容易。然而,大弟不想再靠姐弟照顾家里,急于自立,尽他作为长子的责任,便在毫无选择余地的情况下,先去开计程车为生,间中还去大姐开的瑜伽馆教气功。一些和他有着相同理念也坐过政治牢的人,特意前来捧场,跟着大弟学气功,其中包括陈映真、林正杰等(我想,他们可能只是想帮助大弟增加收入,又不伤及他的自尊)。

在我从事文化工作后,曾在一次文学活动上见到陈映真,和他无意中聊起,他居然称呼大弟为"老师",我大为讶异。因为无论年龄、名气和成就,大弟都和他差一大截。我以为他说错了,结果他笑着说:"我和你大弟学气功,当然他是我的老师。再说,'两岸和平统一,民族不再分裂'虽一直也是我的想法,但敢于以此付诸行动的,华光却是先行者,所以,在这方面,当然也是我的老师。"

陈映真的谦逊善良热诚,不仅体现在他对待和他有着共同理想的长辈的态度上,即使对同辈、晚辈也是如此。

后来,我又在一些文学活动上碰到他几次。中国改革开放后,由于工业的高度发展,固然令人有了物质上的享受,但也逐渐把青山毁掉,把绿水弄浑,把泥土弄脏,人们每天吃喝各色各样的化学毒素,呼吸污浊的空气。再加上当时的社会心态过于急功近利,贪腐滥权引致道德沦丧,问题频出。对此现象,中国文学界早有警觉。因此在 1995 年,由中国作家协会和台湾"联合报文化基金会"联手,在环保城市威海召开了"自然环境与文学座谈会"。

这次会议,汇集了来自各国各地区五十余位学者作家(包括王蒙、齐邦媛、刘心武、陈映真、张贤亮、刘克襄等名家),侃侃而谈环保的重要,其中以陈映真表现得最为关切。然而,身为宁夏文联和作协主席的著名作家张贤亮却力排众议说:"大家说的我都同意,但是,就目前来说,环保对贫穷落后的地方是奢侈品,如果大家连基本生存的问题还没解决,谈这些都无济于事。我们宁夏现在就非常落后,为了当地人民能吃得饱吃得好,能增加他们的就业机会,我欢迎都来这里投资设厂,不管它是污染还是不污染的。"

他的话一说完,全场都笑了! 原本严肃的话题,也就在轻松的氛围中轻轻带过了!

会后安排与会学者作家参观当地著名景点,一路上,我注意到陈映真总是显得忧心忡忡、落落寡欢,像是要将整个环保的重担压在自己身上似的。

他的忧国忧民,他的焦虑,虽然对当时急于追求现代化的中国,显得有些不合时宜,但是,对于一个能始终不渝地坚守理想的人,我是非常敬佩的。而时至今日,中国的领导人和整个社会都高度重视环保,反腐倡廉,提倡文化建设,已证明他当时的忧虑还是正确的。

话说远了! 再回到大弟这里。

大弟有了收入之后,就想见他的女友。自从那晚和她提出分手,不久后被抓,他就和她完全失去了联系。直到 1987 年大赦,减刑至十五年,他又重新萌生了希望。现在终获自由了,想要见她的欲望更加强烈。他曾打过她家的电话,不通,也去过她家,换了主人,便只好向家人询问。母亲、姐姐和小弟当然知道,她早已为人妻、为人母,再说,种种迹象让家人都怀疑是她父亲告发的,即使不是,自从大弟出事,他们全家从未问候一声,所以早就对他们一家人反感怨恨。现在大弟刚经历完一场生死劫难,大家都不想在大弟还未痊愈的伤口上再划一刀,便只能骗他说:"我们现在也不知道她的消息,因为自从你出事,她家就搬了。不久,我们也搬了家,一直就不曾联系过。"

但是,大弟偏偏不信,总觉得家人瞒着他,没说出实情。

"难道她病了? 还是因为她也受到连累而遭到不幸?"大弟心里寻思着。

为此,他担心着,烦恼着,心情也变得越来越郁闷。

看着大弟在强忍的痛苦中遭受煎熬和折磨,大姐实在忍不住了,只好将实情告知:"她已经嫁人了,孩子也有两个了!"

"我不信。"

"我们干吗要骗你,这是真的!"

"除非见到她本人，听她亲口告诉我才信。"

大弟如此坚决，他觉得可能是家人不愿他再和她联系而故意这样说，好让他死心。可是，那毕竟是他刻骨铭心的一段感情，而且两人还私下订过婚，他怎么能忘了呢？何况，自己当时为了理想，一意孤行，辜负了她，即便真是她父亲告发的，他也不介意，只要她的心没变就行。

当初，因为宣扬自己的理念，如果被捕是必死无疑，他不想连累女友，所以和她提出分手。虽然能死里逃生，被判了无期，也不敢指望自己有再见到光明的一天，更从未奢想女友会等自己一辈子。但是，必须要亲自见她一面，当面说清楚，自己这颗悬着的心才能定下来。

大弟不到黄河不死心的性格，大家都清楚。于是，大姐通过朋友的协助，终于找到了她。可是，她坚决不肯和大弟见面。

最后，大姐急起来，只能说："无论从感情上还是道义上，你都应该和他见面把话说清楚。当年，我弟弟被抓，你我都心知肚明，但是，鉴于大弟对你的深厚感情，我们不怪你们，也不恨你们。而且，我们也知道即使不是你的家人告密，大弟被抓也是迟早的事。让我大弟所爱的人领功得赏，总比让别人捡这个便宜好些。"

听了大姐严厉的谴责，她几乎要哭出来了，哽咽着说："我没有。"

"不管有没有，你最好去见他一面。我保证不会有事。如你不去，我就将我对你的怀疑告诉你的丈夫，让他去判断。"

话说到这种地步，她再不情愿也只好答应了！

第二天，她如约前来。

大弟和她在房里长谈了三个小时。大姐不放心，在房门外守着。

隐约听到整个谈话过程中，多半是大弟女友在诉说，还有她啜泣的声音。大弟多是默默倾听，偶尔也会陷入静默。

当她离开时，大弟没有出房相送。之后就一直把自己关在房间里，不吃不喝整整一天。妈妈、姐姐和小弟都很担心，怕他想不开，时不时到他窗口张望一下。

第二天，当大弟走出那间房的时候，感觉像是脱胎换骨，换了一个人似的。他精神焕发地来到母亲面前说："妈妈，你放心！从今天起，我会开始全新的生活，脚踏实地过好每一天。许多事过去了就不可能再回到从前，感情也是如此，现在她能过得幸福我也就放心了！何况，这些年让你们为我的事受了这么多苦，也该是轮到我尽孝报答的时候了。"

母亲听大弟这么说，一直忐忑不安的心总算放下了！

第十二章　文件解密

2015 年 6 月 1 日我赴台去宜兰出席"文学山水（旅居文化）讲座"时，遇见黄春明，特别和他谈到大弟的事。因在我搜集的资料中，大弟摆摊售卖的书中也有他写的书，所以，他也算是大弟的思想启蒙者之一。

没想到他说，在 1987 年他和陈映真来马出席由南洋商报和马来西亚华文作家协会（简称作协）主办的文学讲座时，正巧我是他那场讲座的主持人。当时，他就知道我是戴华光的姐姐。因为赖明烈和刘国基在 1987 年 7 月 15 日提前出狱时，他曾和他们吃过饭聊过天，并鼓励他们将这段经历写出来。

我问他，为何那天不和我提及？他说，一般受难家属不主动提的事，明理的人都不会去问，毕竟那对一个家庭是场无可弥补的悲剧，也是非常伤痛的事。

最后，他这么评价戴华光："他是一个无可救药的、浪漫的理想主义者。"

会议结束后，我到台北和专门从事两岸交流工作的宋东文（夏潮基金会和若水堂董事长）及蔡裕荣（现为台湾政治受难人互助会会长，该会成立于 1987 年 10 月 11 日，是台湾著名的统派团体，其会员大都因主张祖国统一而被监禁过）见面。

大学时期，他俩都曾担任过淡江文理学院"时事研习社"的社长。

"时事研习社"是一群具有理想色彩的大学生组成的学生社团。大家经常聚在一起议论时事。该社曾计划在 1977 年 5 月 20 日举办"批台湾人在境外置产设籍"的座谈会，因不被校方批准，遂由蔡裕荣撰写陈情书，并得到百人签名支持，寄给台北各报，但没有一家报纸发表。

事后翻阅 1977 年 11 月 29 日纽约《星岛日报》的报道，台湾当局在 11 月 2 日到 14 日之间，逮捕了五位淡江文理学院的学生；但是另一消息来源称，与此同时，约有二十多人被捕，但只公布了宋东文、蔡裕荣的名字。

蔡告诉我，大弟被捕的当晚，几位"警总"的人就留守赖明烈的租处"守株待兔"，结果，第二天早上 10 点多，郑道君去找赖，正好"自投罗网"。"警总"特务一直盘问他至下午两点才将他释放，实则暗中监视郑的行踪，看他会联系谁。

由于郑也是"时事研习社"的成员，自然与他们联系。当时因此事而被"警总"点名的师生有近百人。后因紧接着发生了中坜暴动事件①,导致当时的"警总"司令李焕被王昇取代。据说,蒋经国特别指示"警总"对"戴华光案件"要缩小打击范围,故最后被捕和判刑的只有六人。

宋东文和小弟一样,当时都在服兵役,因而幸免于难。

蔡告诉我,台湾当局于 1998 年 6 月 17 日公布了"戒严时期不当叛乱暨匪谍审判案件补偿条例",根据这个条例,台湾"行政院"设立了"财团法人戒严时期不当叛乱暨匪谍审判案件补偿基金会",针对戒严时期触犯内乱、外患罪的冤、假、错案受难者,进行处理认定及补偿事宜。这个基金会于 1998 年 12 月开始运作,在 2014 年 9 月解散。

根据台湾"法务部"向台湾"立法院"提供的一份报告资料显示,在长达 38 年的戒严时期,台湾军事法庭受理政治案件 29407 件,受难者约 14 万人,他们都是"白色恐怖"的牺牲者。从 1999 年到 2014 年 6 月底,15 年间补偿 10059 件,其中死刑 809 件,领取补偿金的人数达 20104 人,核发金额计新台币 195 亿余元,包括:二·二八事件、澎湖七·一三事件、孙立人部属郭廷亮案、柏杨案、李敖案、雷震案、美丽岛案(除了林义雄可能因林宅血案未破坚持不领补偿金)等。最高的补偿金为 600 万台币(约人民币

---

① 1977 年 11 月 19 日,在台湾县市长选举中,因国民党在桃园县长选举投票过程中被指控作票,引起中坜市市民愤怒,群众自发性地走上街头抗议选举舞弊,并包围警局。因警方发射催泪瓦斯并开枪打死了一名青年,遂引发万人怒潮。

120 万）。

台湾"总统"马英九在 2013 年 7 月 15 日台湾解除戒严二十六周年纪念日,出席了戒严时期政治受难者的纪念追思仪式,亲自向受难者及家属代表颁发恢复名誉证书。

他说,二十六年前的今天,长达三十八年的戒严走入历史,面对这段时期所发生的各种政治冤案、假案、错案与不当审判,他除了与受难者家属感同身受,更充满歉疚与不安。身为"总统",他对于这些历史的不幸必须承担责任,并代表政府再次向所有政治受难者和家属表达诚挚的歉意。

只是经过十五年时间,基金会结束业务后,仍有 1500 名受难者未提出申请,其中包括戴华光,还有些是被枪决的老兵以及家属在大陆或根本没有家属的受难者。此外,更有亲绿团体批评基金会只着重补偿,部分由"国防部"主管的档案仍受限("个资法")不得公开,无法进行完整调查报告,因此受害者根本没有得到真正平反,真相仍未明。

台湾人权促进会也认为其补偿的本质和范围都有其不足之处,条例中也欠缺程序的保障。

命运有时真会捉弄人！1977 年当大弟在台湾倡导"和平统一"时,违反了当时执政的国民党"反攻大陆"的政策;等到国民党进行"戒严时期不当叛乱暨匪谍审判案件补偿"时,台湾又换成走台独路线的民进党执政。大弟虽没提出申请,然同案的难友提出却也被排除在外,只能慨叹：时也！命也！

正如乔治·奥威尔说的,"谁掌握了过去便控制未来,但谁掌握了现在便控制过去"。

蔡又交给我一份有关"戴华光案件"的解密文件。回到家,我就开始仔细阅读,发现这只是一份选择性公开的解密文件。即便如此,还是能从中看出一些端倪。当时大弟的案件被军法处定名为"摘锋专案"。在这份解密档案"档应字第 1040001049 号函提供"编号 1742 页至 1745 页中,有如此记载:

一、摘锋专案侦审工作顺利进行,并获致海内外一致好评,本处("警总"军法处)所采各项措施概述:

一、安排被告,坦白认罪,向政府悔过输诚:

被告六名虽多系偏激孤僻之徒,但由于对其在押生活妥善照顾,及遇有困难,立刻协助解决,并由检察官及看守所各级人员,经常与之亲切恳谈,妥加疏导,卒使被告等天良发现,幡然悔悟,坦承犯刑,且表示今是昨非,决心从新做人。并不断写信致家属及当庭表示本部监所管理尊重人权,进步舒适,使其十余年对政府误解,全然改观。表现至为合作。

二、疏导家属,赞扬政府公平法治,宽大为怀:

被告等家属,于子弟被捕之初,因对案情不了解,原对本部均不谅解。经指派专人,于家属前来送物时,多方安慰疏导,最后卒使明了其子弟犯行确属实在,本部绝非滥捕无辜,进而介绍被告等在押生活,受到妥善照顾,使家属之误会,逐渐消逝。不仅来信鼓励其子弟坦白认错,严加训诫,并在法庭赞扬本部办案公正、狱政进步。表现极为生动,颇获社会好评。

三、安排律师,使审判顺利进行,赞扬判决,情法允洽:

被告戴华光、赖明烈、刘国基分别聘请原为军法官出身之律师谢华凯、吴秋永、韩延年三人,为其辩护。经分别运用其熟稔者同事关系,说服使之明了本案之重要性,晓以大义,与政府合作。故不论审判或宣判时,各律师均能主动配合,不仅消极地未在法庭提出诘难问题,更积极地公开赞扬军事审判公正,与科学认证精神,并推崇审判一切不仅合法且尊重人权,使海外阴谋分子以往之污蔑谣言,一举廓清。另被告蔡裕荣、郑道君、吴恒海,本部分别指定公设辩护人三人,一面赞扬本部判决,一面作为法庭与被告及家属之桥梁,策动被告家属当庭发言,赞扬法庭判决允洽及政府各级长官宽大德政。运用得宜,收敛甚宏。

四、接待记者,提供资料,标明宣导重点,导正舆论方向:

本案均系青年所为,此案不宜宣扬,而被告等威胁外商、经济破坏、主张暴力及清算斗争、没收全民财产等丧心病狂行为，则应特别强调，以引起共鸣。故本处就此先后撰写起诉概要，宣判要旨及报道要点，另配合被告生动感人之家信，交到庭中外记者。事后证明各报均能循此方向，一律撰写上报，广收宣传效果。而此次到庭记者，先后五十余人次，均予热诚招待，各记者对本处之接待态度，颇有好感，此对其撰稿态度，当有助益。

五、周密戒护，确保人犯安全，未生意外事件：

本案六名被告，均系案情重大之要犯，万一发生意外，将无法对社会交代而功亏一篑。故确保人犯安全，最为重要。被告在押中，均慎密部署，除安排装有闭路电视之押房，采全天候二十四小时监视外，复指派人员卧底与被告同房，从事监控与说服工作，卒未发生意外事件，而得竟全功。

看了这份解密档案，实在"佩服"台湾"警总"军法处的部署，为了向上级表示破获的是一个不得了的重大案件，编造许多莫须有的罪名以利将嫌犯定罪，不惜干扰司法公证，诱使获轻判的家属、律师、记者，卧底配合军法处口径一致，终能得竟全功。

此外，从"警总"军法处军事检察官对戴华光的侦讯笔录中（1977年11月2日零时30分）看到了一个可疑的名字：叶某某（姑隐其名）。

问：你们进行这些颠覆活动有无幕后人物指使？

答：没有。

问：有无与共匪勾搭接触？

答：没有。

问：有无与台独叛乱分子接触？

答：没有。我们完全是自发性的，而且我们亦不赞成台独。我们认为台湾是中国的一部分，不应该独立。

问：你们有无向别人宣传过你们的思想？

答：没有。

问：你们所写的这些反动资料都是根据什么写的？

答：一部分是找资料抄来的，一部分是自己想出来的。

问：你们的经费来源如何？

答：都是我和赖明烈从薪水里拿出来的。

问：赖明烈和刘国基现在何处？

答：赖明烈是文化学院建筑系助教，刘国基是辅仁大学研究生。此次利用选举散发传单之事，刘国基不知道。

问：你们有无计划吸收别人参加组织？

答：我曾有意吸收我以前部队一位同事叫叶某某参加。

问：你由美返台的主要原因及目的各为何？

答：我在美放弃学业返台的主要目的是想返台从事中国统一的革命运动。

问：你们是否计划利用选举期间将反动传单夹入候选

人宣传资料中,用以制造事件?

答：我自己并未想过这个方法,其他的人有无如此想法我不知道。

问：你们是否准备利用候选人冲突,煽动暴乱?

答：我自己并未想过这个方法,我记得也没谈过。

然而奇怪的是,解密文件中所有公开的侦查记录里,竟没有传召叶来问话的记录。

接着,我在档案中还看到这段记录：

缘起：一,据×××向本部(台湾"警备总司令部")检举,有友人戴华光,已两年余未联络,忽于1977年元月间接其电话约晤,相谈之下,知其自美返台,思想偏激,为匪宣传,嗣常以左倾书籍交予阅读,并欲利用渠散发反动传单等可疑情形。

二、本部接获检举后,即展开审慎侦查,说服检举人用为内线,以灰色姿态接近戴嫌,并随时掌握其活动状况。迄今11月1日,侦悉戴、赖两嫌在其现住寓所,正打字油印各种反动文件,以时机成熟,故依法当场逮捕。

我立刻将此疑惑询问刘国基,他告诉我,叶是华光服完兵役时认识的一位非常谈得来的朋友,服完兵役,他在基隆五股货柜工作,因为港口一向鱼龙混杂,也经常有走私的,可能那时叶已是

"警总"的线民。

突然，犹如灵光乍现，我已心中有数。但此刻，我的心却又矛盾了起来！

一方面庆幸大弟深爱的女友家人，总算没有被利欲熏心以致泯灭人性，因为在台湾"白色恐怖"时期，检举别人是"匪谍"就等于要置人于死地；另一方面，却又情愿让大弟所爱的人领功得赏，总比让别人捡了便宜好些，因为大弟决定放弃学业自美回台的那一刻，就已将生死置于度外，即使不被人检举，出事也是迟早的事。

在我近十几年来不断探寻及搜索资料的过程中，从没听过大弟和他同案的受难者怨怼过任何人，即便获悉可能的告密者，也是淡然视之。因为，他们说，即使时光倒流，身处当时那样的时代，他们仍会做出同样的选择。无悱无怨就是思想政治犯必须承受的处世原则；而我所以要费尽心血，查询真相，不在于批判控诉，也不在于奢求平反，而仅是想以自己的方式去接近历史，去触摸伤痛，来努力弭平伤口。

因为，我认为历史的真相需要不断补充，历史的延续需要不断述说。只希望后人引以为鉴，历史不再重演。

第十三章　回报故土

自从大弟被宣判无期徒刑,父亲自觉献身党国三十余载,虽乏建树,但亦无陨越,兄弟六人,其中三人均先后为国牺牲,即便如此,他依然对儿子减轻罪刑之事无能为力。所以,当台湾解严,人民可以到大陆探亲访问之后,父亲就决定离开这个令他伤心的地方,返回家乡居住,希望过几年随心所欲、无牵无挂的日子。

此外,他经常到大陆各地云游四海,饱览祖国名山大川。有时,走到一处风景优美、空气清新的地方,如附近正好有所幽静的疗养院,就在那里住下。往往一住就是几个月,甚至一年半载才跟家里人联络一次。因而,在母亲病危直到去世,大家来回奔波劳碌的那段时间里,我们虽然一直设法跟他联络,然当时通讯不便,父亲又行踪飘忽,不会用手机,所以始终联系不上。

至于母亲,在离开家乡将近四十年后,也终于圆了她朝思暮想和亲人重聚的梦!然而她行动不变,又不太识字,每次都得有人陪同才行,当然,陪得最多的是大弟。但是,经常来去,一定耽误工作,也非长久之计。大弟了解到母亲最终还是要告老还乡,那么,如要随侍母亲身边,必须学一门技术,或者做点小生意养家糊口才成。而做生意，必须选一种投入少、失败率低又比较简单、容易经营的才易成功。

正好，我刚去家乡时，那里卫生条件不好，我怕在旅途中生病，最常吃的就是白煮蛋和面包。可是，当时家乡的西点蛋糕店的面包硬得像窝窝头，蛋糕的奶油又不是新鲜的，月饼更是硬得像石头可以砸人。我和大弟谈起，正好他也有此想法，就决定经营西点蛋糕生意。

主意既定，1992 年大弟开始在台北县一所食品工业技术研究所学习制作面包点心。结业后，1993 年 4 月就在沧州市荷花池租处先训练了四个烘焙员工。

这四个员工都才十六七岁，是家乡农民亲戚的孩子。由于北方农地秋收后，长达四个月的严寒天气里无法耕作，那时大家都没收入，如果再碰上干旱虫灾，往往是血本无归。每次，无论是父母亲返乡还是我们姐弟探亲，看到农村的贫瘠，总忍不住将自己身上带的钱掏光，将随身的衣物留下。然而，毕竟长贫难济。所以，大弟为了陪母亲而决定在家乡创业，当然得到我们全力的支持。

大弟在台湾学习制作面包点心，需要付出高昂的学费，但在家乡教这四位员工，不仅不收学费，还管吃管住。他们在学习过程中烧坏了许多器材，也未作计较。

为了减轻大弟创业的压力，又因为他不愿再接受我们的资助，我和小弟就出资买了个商铺，至于租金，到他的公司赚到钱才算。大弟开的烘焙房终于在1993年11月底开始试营业。

当时家乡的蛋糕点心太甜，用的是人造奶油，又加了防腐剂和色素，大弟觉得对家乡人的健康不利，然而新鲜奶油和好的材料，当地又买不到，因此每隔一天，他就要去天津家乐福采购外国进口原料。由于成本高，当地消费水平低，价钱又不能提高，因而一直没有什么盈利。虽然刚开业的那阵子，许多人出于新鲜或是为了捧场前来购买，但是买过了就不再回头！我们都很着急，必须立刻查出原因。经过探究，原来，顾客抱怨我们蛋糕上的字体和花样都不漂亮，而且存放不久，两天就坏了！

我们这才明白，如果当地人的知识水平跟不上，光有好的动机是没有用的。为了美化蛋糕的设计图案和改进蛋糕上的字体，大弟特别请来了沧州文联的画家和书法家，每晚八点一收工，就让员工留下学习书法和画画。

但是，为了让蛋糕和面包放得久而改变初衷，添加不利健康的东西，那就万万不能了！所幸，挨了一年多，过去流失的客人又逐渐回头了！原来是家里的孩子们吃过大弟用新鲜原料制作的糕点，嘴已变刁了，即便大人嫌放不久，改买别家的，可是孩子们不依。大人们觉得奇怪，就跟着尝一块（北方人不爱吃甜食），觉得不像别家的那么甜，也就跟着吃了！就这样，坚持了三年，大弟的面包店逐渐在沧州站稳了脚跟，也逐渐改变了家乡人原来不健康的饮食习惯！

虽然如此，也只能有些许盈利。公司张经理建议在媒体上刊登广告宣传,提高知名度,增加客源,大弟认为费用太高,成本会转嫁给消费者,根本不愿意。

没想到,在1997年深秋发生的一件事,改变了局面。

话说,自1987年我在马来西亚从事文化工作以来,我的文章除了在马来西亚的报章杂志发表,也在中国各地刊登,当然也包括家乡销量最大的《沧州日报》和《沧州晚报》。经过文章的传播,家乡人对我也觉得熟悉亲切。

1995年,我为河北教育出版社负责组稿二十二位海外华文女作家的"金蜘蛛丛书",1996年在北京举行发布会时,终于认识了久仰的王蒙先生。当时对王蒙先生的敬仰来自几方面:一是他的勤于笔耕、著作等身;二是他的智慧(他在遭到许多磨难时都能坦然面对,并能将这些不幸转化为丰富自己人生的养分);三是他的高贵品格(他不眷恋权势,1989年之后觉得自己不适合当官,毅然辞去文化部部长的高职)。

由于我们都是河北沧州人,所以一见到他就觉得亲切。

1997年8月,马来西亚华文作家协会和马大中文系毕业生协会共同主办的"扎根本土·面向世界——第一届马华文学国际学术研讨会"由我负责筹备,筹委会成员一致认为这场研讨会的专题演讲嘉宾非王蒙莫属。

当时我就大胆提出邀请,他请秘书安排好行程,很爽快地答应了!我知道,那是基于王蒙对海外华文文学一向的关心,又对我这个在国外的乡亲特别关照。他的到来,使得那次研讨会非常成功。

会后，我们聊起家乡的情况，也聊起了大弟在家乡开面包店的事。他很好奇，问："为什么一个在台湾长大，到美国留学的孩子会愿意去沧州开店？如果想做生意，一般台湾人都会选在大城市。"

没想到，经他这么一问，我居然就坦诚地说出了大弟的事。此前，这件事我从未对外人说过。

想必，我不仅视他为家乡来的亲人，也相信以他的成熟和睿智，定会理解。

1997 年 11 月，《沧州日报》和《沧州晚报》总编辑刘桂茂策划邀请沧州籍作家"故乡行"，除了蒋子龙（时任天津作家协会会长）、柳溪（纪晓岚后人），最希望能邀请到王蒙。因为沧州一向以武术闻名，现在家乡出了一位像他这样的大作家，还当过文化部长，家乡人都以他为荣为傲。于是，报社除了亲自邀约，也托我代为联系。蒋子龙因时间配合不上，未能成行。柳溪大姐那时已届八十高龄，刚刚荣获国家"五个一工程奖"，没想到她精神矍铄又非常健谈，一路上为我们带来许多欢笑。

于是王蒙、柳溪和我的"三人故乡行"，成了那年秋天轰动沧州的大事。事前，媒体已作了大篇幅的报道，而我们在沧州停留的三天行程，当地媒体也将全程跟踪报道。

我们三人一到达沧州，刘总编就将行程表交给我们看。王蒙看完后，立刻将头一转，对着我问："怎么没安排去你弟弟开的那家面包店啊？难道你不想请我们吃面包？"

我真没想到王蒙会这么问，马上回答："我弟弟开的只是家规模不大的面包店，没什么可以招待你们这样的贵客。再说，我们的行程短，又有这么多安排，我哪敢提出这种要求啊！"

"是啊！自从报上报道你们回乡的消息，许多地方政府、团体及学校都争相邀请，我怕你们太累，全给推了，只安排了这几项最重要的。"刘总编在一旁说明。

王蒙又将安排的行程看了一会儿，说："这样！我们后天一早八点去你弟弟开的店吃早餐。"

刘总编听了，当然也乐得主随客意，赶紧加上这个行程。我又喜又忧，喜的是有贵客到访，忧的是怕怠慢贵客。遂马上打电话通知大弟准备。负责店里重要事务的张经理一听，乐坏了！他的脑筋转得快，马上就说："这么重要的名人来我们店，能否让他们留下字？"

"留字？这不太好吧？"

王蒙已听到我说的"留字"，非常干脆地说："留字，没问题啊！"

我就赶紧吩咐张经理准备笔墨纸砚。

那几天，我们参观了沧州市许多不为人知的瑰宝：历尽千年沧桑，雄伟豪放的铁狮子，有着鬼斧神功的流畅线条的石金刚，杜林登瀛桥那别致精巧的石雕艺术，以及纪晓岚墓、盘古庙、盘古井、盘古墓……我们也听了王蒙最喜欢的地方戏曲河北梆子，并到沧州当时唯一的高等学府沧州师范学院演讲。原本演讲安排在礼堂，因为前来的人多达千人，实在容纳不下，临时改在学院食堂举行。

仍记得 11 月 12 日那天，王蒙对着从各处蜂拥而来的乡亲，说着他那地道的家乡话："我生在北京，今年六十四岁了，还会说家乡话——我的母语。因为，我的细胞里，头一个进去的文化就是沧州文化。我的骨子里，留存的也是沧州人的精神。"

我听了颇有感触。

记得 1992 年陪母亲返乡，第一次看到铁狮子的刹那，竟被震撼得连心都噤住了！

那时车开在高粱田中的小路上，疾风推动着浩瀚如海的高粱，就在那片广阔无际的千里绿浪中，突然，一只雄伟巨大的狮影奔跃了出来。

它身披障泥，背负巨大仰莲圆盆，前胸和臀部饰有束带，头部毛发作波浪形披盖于头部。它头朝南，仰首怒目，四肢叉开，巨口大张，仰天长啸，对海怒吼，又像疾走奔驰，之后，突然停下，回首张望，几乎让人措手不及。于是，铁狮子在大自然的陪衬下构成一幅苍茫、悲怆、壮阔的画面。

这座铸造于公元 952 年，身高 5.3 米，身长 6.5 米，宽 3 米，重 40 吨，由数百块 30 厘米见方的铁块组成的"狮子王"，腹内铸有《金刚经》。它是采用分节叠铸法拼铸而成的，不仅是世界上最大的铁铸工艺品，其精湛复杂的铸造技艺，更为研究中国古代冶金、铸造技术提供了珍贵的资料。

据《沧县志》记载，当年沧州一带地处九河下梢，由于渤海蛟龙作怪，洪水灾害连年不断，经常颗粒无收，民不聊生。于是山东有个叫李云的铸工来到这里，倡导铸铁狮以镇水患，并取名"镇海吼"。

好一个"镇海吼"。千百年来，历经洪涝、地震、战乱、风吹雨淋，吼得嘴已破裂，身被摧残，它仍勇敢坚毅地坚守岗位。

铁狮子现在成为沧州市的地标，它那种勇敢和坚毅的形象，作为一个维护者的最终抵抗形式，千百年来如同淬火之后的铁，沉水之后的石一样，在不知不觉中，已经渗入了沧州人的肌肤，潜进了沧州人的血，铸入了沧州人的精神。

所以，沧州自古多慷慨悲歌之士，曾有过许多敢于反抗封建统治、敢于反对外国侵略的英雄好汉，比如首创精武会的霍元甲，屡胜外国大力士的"千金王"王子平，一身正义、弃官为民的佟忠义，以及倡议"强种救国"的张之江等志士。

我不禁想着，母亲长久以来能咬着牙，承受这么多磨难，大弟为了理想，敢于牺牲，想必都是受到铁狮子精神的影响。

在这三天的行程中，当地电视台和平面媒体全程跟踪报道，来到大弟开的面包店时也是如此。张经理很会办事，不仅在三层楼高的店外左右两边，自屋顶披挂下来两条欢迎的联词，还在店门口摆上了欢迎我们到来的大招牌，店内一角已摆好了笔墨纸砚。

我知道这绝不是大弟的安排，因为他那一根筋通到底的脑袋里，根本不懂也不会有这样的心思。大弟捧出了他亲自动手刚烤好出炉的面包，和他最拿手的披萨。这披萨，原本是他想在店里推出的新花样，不过推出后，当地人不买账，吃不惯这种洋玩意儿，还说："根本比不上我们这儿的葱卷大饼。"

　　所以没多久，这洋玩意儿就撤了！只有在家人去时才做给我们吃。这下来了贵客，而且还是他所敬重的著名作家，当然得好好拿出他的看家本领。

　　母亲当时也在沧州，获悉贵客上门，尤其知道是家乡人引以为荣为傲的王蒙，居然来到儿子开的面包店，可别提她有多高兴了！就这件事，足足让她跟亲朋好友们絮叨了好几个月！

　　王蒙留的字是"愿芬芳永驻××烘焙房"，柳溪留的字是"沧州第一饼"，我留的字是"故乡情"。

　　从小我就没好好练过毛笔字，每次到大陆访问，最怕的就是参观后让我留字，我觉得那简直是让我出丑，但是又不好意思拒绝。前几次回乡访问时也是如此，母亲就曾经告诉我，有一次，她陪大弟到一处机构办事，听到一个人指着挂在墙上我写的字，对旁边的人评道："她的文章写得不错，但这毛笔字也太难看了！"

　　母亲说，她当时听了好气。我安慰着："妈，您别气，我的毛笔字是难看，反正我又不是书法家，是作家，他没批评我文章写得不好就行了！"

　　这下，丑又出到自家开的店门口了！

就在王蒙吃着早餐时，记者访问我，为什么回家乡开店，我答："母亲要回家乡定居，大弟孝顺，就开了这家店。如果真想靠开店赚钱，不会选择沧州。我只知道，这三年来，大弟开店后做的贡献就是教会亲人一门手艺，提供他们就业机会，以及提升了沧州面包点心及蛋糕的品质，让家乡人可以吃到健康新鲜的食品。所以，我只希望生意能持续下去，能提供更多家乡人就业的机会。"

当天晚上，电视就播出了。第二天，新闻还登在报纸头版上，标题为："三人故乡行，来到××烘焙房"。

我这才真正明白王蒙坚持要来店里的意图。他哪是要吃早餐啊，根本是想帮大弟一把！因为，这类新闻报道比起花钱登广告，效果不知大了多少倍。

自此后，大弟面包店的名气打响，也有了盈利。大弟拿出盈利的百分之二十，成立了"回秀真教育基金"，专门帮助家乡的贫困学生。

2014年4月，我和王蒙提起此事，特别表达我的感激时，他竟这么告诉我："当时听了你大弟的遭遇，我特想为他介绍对象，那次是特地去看看他的，结果知道他已成亲了，也就不提了。"

不知他是故意这么说还是真有其事。不过通过这件事，又让我发现了他的善良，而且还善良得不动声色。不管他怎么说，反正，我是充满感激的。

自从大弟出狱，母亲最操心的就是他的婚事。然而，知道自己最心爱的人已出嫁后,他对婚事已不感兴趣,只想好好尽孝。

母亲在沧州时,最爱去大弟店里转,如果看到当天生意好,就高兴得很。去得多了,发现隔壁店的一位女职员没事时常过来帮忙。来的次数一多,母亲也就留了神,看着她乖巧伶俐,做事干脆利落,模样也挺俊俏清秀,而且好像对自己的儿子颇有好感,就找机会和她聊天。得知她还没有对象之后,就直接了当地问:"小萍,如果我介绍儿子给你,你可愿意?"

小萍没说话,只是羞涩地低下头去。

"如果你愿意,我就跟我儿子说去,他一定听我的。"

小萍低着头,轻声应了一下。

母亲满心欢喜,当晚就迫不及待地跟大弟提及。大弟一听,连忙摇头说:"不行,她年纪太小了,不合适!"

"是吗?我看着她成熟懂事,以为她最多小你十岁八岁的。我今天问过她,她同意了!"

"不行!这太委屈人家了!"

这下子,母亲急了,顿时声泪俱下地哭诉着:"我都一大把年纪了!还能有多少时间的奔头?你也不替妈想想,如果哪天我突然走了,连个孙子都没抱着。"

大弟最怕母亲哭,马上说:"行行行!就依你!我试着和她交往交往。"

就这样,一来一往,相处久了,他觉得小萍善良、孝顺、能干,也对她产生了好感和爱意,很快就谈婚论嫁了。在我和王蒙、柳溪回乡的那年年底刚成了亲。

这下，大弟总算让苦了大半辈子的母亲能赶在有生之年，亲眼目睹儿子完成她心目中人生最重要的两件事：成家，立业。

结婚前，大弟曾私底下和小萍约定，婚后不生孩子。当时她答应了。婚后不到一年，她反悔了，每天跟大弟哭着要孩子。压力来自三方面：一是母亲，二是她母亲，三是邻居朋友的不断关心。最后，大弟实在顶不住，同意了，但提了两个条件：一、孩子生下后，教育得完全听他的；二、孩子生下后，饮食也得完全听他的。1999 年 2 月，就在母亲回台湾处理她的房产时，小萍怀孕了！

不久，母亲呼吸困难，进了加护病房，大弟连忙回台，一直陪伴到母亲过世。我就是为了让母亲放心，特地回乡去探望怀着身孕的小萍，并协助处理面包店的事。没想到，就在我刚到沧州的那天，母亲就过世了！

如果知道母亲这么快就走，我当时绝不会离开她的。

第十四章　信仰迷惑

这一晚真是度时如年,让人煎熬啊!

第二天,从天津飞往香港的时候,我一直思量着解决事情的办法。

过去,因大弟的事件,我已和台湾的朋友很少联系。一直到写作后,才和一些文化界的人有些接触。

由于台湾的圆神出版社和元智出版社为我出版了三本书,故与在该出版社任职的曹又方来往较多,可是现在,曹又方因患卵巢癌住院,我怎么可以在她病重的时候去打搅她呢?

突然,想到一个人,就是圆神出版社的老板简志忠先生。最近,因为他想拓展海外业务,经由我和马来西亚大众出版集团联系,洽谈双方合作事宜,因而和他有些电话联系。过去曾听曹又方提及他在台湾的人脉很广,又很热诚,说不定会对母亲的事有些帮助。

我虽不喜欢麻烦别人,尤其和简先生又无深厚的交情,但为了母亲,我也顾不了这么多了!

第二天,我在香港转机时,马上给简先生打了个电话。接电

123

话的正是他,我顾不上说客套话,直接告诉他有个紧急事想麻烦他帮忙。

"别客气!你说。"他回答得很干脆。

"事情是这样的,我母亲昨天在台北去世了。她生前最大的心愿就是能够回到河北沧州的家乡安葬。但现在两岸还没'三通',要将她的遗体自台北运过去,不知通过何种方式可以办到?由于事出紧急,我现在香港机场,下午三点半转机去台北,到台北时可能已到您下班的时间,拜托您千万不要先离开,我一下机就会打电话给您。"

"好的,我会尽力。"

我听出他的语气不是很有把握,这也难怪,通常,有自大陆来台的人过世,如想回乡安葬,都是火化后带着骨灰回去的。而我们居然是要带着装着母亲遗体的棺木搭机回乡,之前还未听闻有谁做过!

五点刚过,飞机抵达台北松山机场。我一下机,就急忙给简先生打电话。

"我已经帮你问到一家物流公司,你不妨打给他们试试。你别太着急,要节哀顺变,我会再继续询问是否还有处理相关事物的公司或机构。"

"非常感谢!"我记下这个公司的联系方式,就立刻打车回家。

回到家,姐姐和大弟一筹莫展,正等着我回来商量。我告诉他们:"明早你们随殡仪馆的人去看坟地,我则打电话去这家公司询问。"

说完，他们带着我，立即搭车前往台北殡仪馆。

到了储存尸体的冷冻库，工作人员将母亲的遗体从弥漫着雾气的冷藏柜推出。我看到母亲的遗容竟是皱着眉，撇着嘴，一副饱受委屈、很不情愿的样子。我的眼泪不受控制地流下了，心想："母亲在临终的那一刹那，一定知道自己再也回不去了！"

二姐告诉我，妈妈在她将要断气的那刻，发着抖，紧抓着她的手，露出很恐惧的神情。

我听了，俯身轻轻在母亲耳边说："妈妈！别怕！我一定想办法把您带回去。"

回家的路上，我决定搬到酒店住。因为我怕看到往日熟悉的一切而触景伤情，也不想让姐姐弟弟悲戚的样子影响我的情绪。我必须冷静下来，想办法尽速解决母亲回乡安葬的事。

这一夜仍然是辗转反侧，不能成眠，好不容易挨到了第二天早上。

上午八点整，我就致电那家物流公司。

接电话的吴小姐说，他们公司专门处理外销货柜，平时也代理一些货物的运送。我将详细情况告诉她，她说："没问题，不过，愿意运载遗体的航空公司不多。依照你们的情况，只有先搭乘国泰航空公司的班机自台北到香港，再从香港转搭港龙航空班机到北京。"（当时两岸不能直航，必须经由香港转机。）

我听了喜出望外，没想到原本以为非常复杂困难的事情，居然变得这么容易。我遂放下了心头一块大石，立刻致电大姐，通知他们不用去选坟地了！

我正准备去那家公司办理需要的手续时，小弟打来电话，声音显得很着急："三姐，即便我们这里办好了出关手续，但北京那里允许遗体入关吗？"

我这下又慌了，赶紧致电吴小姐。

"哎呀！我以为你们已拿到允许进口的批文了！"

"那我现在该怎么办？"

"首先，你要先跟当地政府协调好，请他们出具允许你母亲回乡安葬的批文，否则的话，就算台湾方面允许出口，到了北京，海关不让进，那就白费工夫了！"

我赶紧打电话给春波的儿子自正，请他找当地领导出具批文。没想到批文很快就办好了！接着，又打电话给天津旅游局的何处长，请他帮我安排两辆旅行车，方便我们下机后运送棺木和家人，并请他打听北京海关是否允许装有遗体的棺木入境。何处长建议我们在天津机场入境，这样比较方便，也容易办理，然而当时香港还没有开通飞到天津的航班，只能在北京机场入境。

等这些事情都处理好之后，我才告诉姐姐和弟弟，让他们准备星期六（8 月 7 日）一早搭机去香港，再转机去北京。大弟说，既然能够成行了，明天我先回沧州和家乡亲人安排葬礼的事。

5 号下午 4 点钟，物流公司的吴小姐打来电话说："台北市警察局已经决定将安检棺木的时间安排在星期六上午。"

"不行！那天我们就要搭机了！"

"我们公司已尽力争取，警方告知已经是以最快的速度处理此事了！"

"既然如此，请将负责此事的警官电话告诉我，我来跟他说。"

吴小姐将赵警官的电话给了我，我马上拨通电话，找到赵警官。

我脱口而出："赵警官，我是回秀真的女儿。我母亲在8月2日过世，按照我们家乡的习俗，亡人需在三天之内安葬，最晚也不能超过七天（其实我也不清楚），否则，我母亲的灵魂就不得安息了！所以，请你帮帮忙，把安检的时间提前，好吗？"

没想到，赵警官听完这番话，居然很爽快地答应了："没问题，明天早上我们就派人去安检。"

"明早教会要给我母亲做追思礼拜，下午可以吗？"

"没问题，那就明天下午三点。到时候我们会把所有的证件和证明材料准备好，以免耽误时间。"

当时，我也顾不上细想，为什么物流公司费尽唇舌都没让赵警官答应的事，我才用几句话就说通了呢？

一直到母亲回乡安葬后，我才有空回想，觉得可能是"灵魂不得安息"这句话起了关键性的作用。因为，任何人对神鬼都有敬畏之心。首先，是基于善意，毕竟让人灵魂不得安息是缺德的事；此外，是出于畏惧，怕被不得安息的冤鬼缠身。

晚上，大弟自家乡和我通话，交代我母亲回乡安葬必须准备的事情,并且告诉我,需要按照穆斯林的教规安葬。

哎呀! 我怎么没想到这点呢!

这也难怪,从小我就跟着母亲去基督教会做礼拜,上主日学。愿意去,不是因为虔诚,而是牧师会发漂亮的卡片。

进了中学,对佛学特感兴趣。也不是出于信仰,而是由于虚荣,觉得能和人谈一些深奥的道理,显得特有深度。

到了大学,又迷上了西方哲学。更不是出于膜拜,而是基于当时特别苦闷抑郁,无以排解,更不愿向人倾诉,只有从智者的思想精华中寻求解脱。

婚后,在一位银行家的家里,偶遇一位命理大师。他正在帮几位企业家看手相,只见那几位富商边听他说边点头称是。出于好奇,我也伸出了手,请他看看。

他仔细端详了一会儿,神情严肃地对我说:"你有慧根,可以往这方面钻研,几年后,绝对能超越我。"

他立马推介一些书给我。我虽半信半疑,不过那时实在闲着无聊,也就开始研读起来。

那时,每当看完一本,就找家人及身边的朋友做验证的对象。渐渐地,觉得自己颇有心得,而我会看手相的消息在朋友圈瞬间传开。开始我还颇为得意,后来,才体会到其中的痛苦。

看到好事,说出来大家高兴;坏事,就纠结着该不该说。何况,自己既没绝对的把握,更没替人消灾解祸的本事。

许多事,说准了! 也常怀疑自己是否真有慧根,还是正巧蒙上了。如说对好事,皆大欢喜;说对坏事,就会让自己难过得无以复加。

至今让我想起就难过的,是自台湾嫁到马来西亚开宝岛餐馆的玉英。1987年4月的一个下午,她带着丈夫到我家,请我看手相。

我拿起她丈夫的手一看,感觉似乎有难来临的迹象,请他注意,万事小心。玉英紧张地说:"前天,我和他去看相,算命先生就说他最近有大祸临头,问他如何解祸,他只摇头。所以,今天我硬拖着他来你家,一定要让你看看,结果你也这么说。你是我的好友,一定要告诉我如何破解。"

我看着她一脸焦虑和满心的期待,根本无能为力,只能嘱咐万事小心。

看着他们难过又失望地离去,我恨自己为什么要说。单凭我看了几本相书,就可以毫不负责地胡说八道,让他人难过?何况我又没替人解除灾难的本事。

隔了几个月,我接到玉英的电话,泣不成声地告诉我,她的丈夫出事了!被人用硝镪水给泼了!正在医院急救室等待急救。

"不可能!不可能!绝对不可能!"我心中叫着。

放下电话,下意识地拿着支票本,立刻开车前往医院。一路上,我的手都是抖着的。

到了医院,玉英一见到我,又哭又急地说:"你身上有钱吗?我急着出来,身上没带钱,不交保证金,医院不给办住院手续!"

"可恶！这就是以救人为本的医院所为。"我心中骂着。

还好我带了支票簿，开了支票，办好手续。医生开始救治。

这时，玉英才有空告诉我事情发生的经过。她说，今早她丈夫从办公室出来，正预备去用午餐，只听到有人喊他的姓名，他一转身，就被泼了一脸，浓烈的药水顺着他的脸直往下流，他顿时痛得睁不开眼。在微弱的余光中，看到一个像是外劳的人，将手上装硝镪水的瓶子往地上一扔，就跳上停在路边的摩托车跑了！

我听了，完全傻掉了，根本说不出话来。

经过急救，伤患被转到普通病房后，我终于看到他那张已被伤害到面目全非的脸。

自此之后，我决定不再帮人看手相。

其实，在帮人看手相的那段时间，喉咙经常痛，开始不以为意，以为看过医生，吃些消炎药就能好。结果周而复始不停地痛，怀疑是否得了喉癌。不仅看了好几位吉隆坡的耳鼻喉专家，又前往新加坡、台湾、美国做详细检查，所有医生都说没事，只说可能是我压力大，心理作用。

但我的喉咙是真痛啊！后来有位前辈提醒我："你可能是说破嘴，所谓天机不可泄露啊！再说，你又不收红包。"

"我只是看着玩，不收钱的。"我回答。

"我的意思不是叫你收钱，而是收红包，里面装多少都无所谓，为的是不会冲害自己。"

这些禁忌我倒未必相信，但奇的是，我不再为人看手相后，喉咙痛也就不药而愈。

这段迷信的时光就这么过去了！

直到 1987 年台湾解严后,台湾人民终于可以前往大陆,父母也就回到家乡探亲。

那时,隐约听到他们谈起伊斯兰教义。

1990 年 4 月,我独得机缘,成为第一位在马来西亚解严前去中国正式访问的"文化使者"。在结束了对广州暨南大学和南京大学的访问后,前往北京看望父母的亲人,顺便在二伯家过的开斋节。当时,也没有特别的感觉。

直到 1992 年 5 月,我陪母亲回她的家乡,才有了强烈的感觉。

我看到母亲村庄的市集里,有许多男性村民头上戴着圆形的小白帽,有些女士用布巾包头。见到家家户户门楣上挂着写着阿拉伯字体的经文匾额,亲人告诉我,那叫"经字堵阿",任何穆斯林见到这个,就知道这家人是"朵斯提",就是有着共同信仰的"朋友"、"同胞"、"兄弟",因为一切穆斯林四海之内皆兄弟。所以,路过如觉得口渴肚饿,直接敲门,见面时,只要右手抚胸道一声"阿撒兰目而来坤"(意思是真主把安宁赐给你们),对方会一样右手抚胸,微微躬身答礼:"吾而来坤们撒兰目!"(意思是真主也把安宁赐给你们。)互道撒兰目,说明信仰相同,都是穆斯林,就会被请进家门受到很好的接待。

亲人因我和母亲的到来,特别宰了一只羊,在为先祖上坟前,安排我们先去清真寺女寺的"水房"沐浴,称为"大净"。

由于出生至今都没听过伊斯兰的教义,对于突然成为穆斯林,感觉有些懵懂。

舅妈告诉我,按伊斯兰教教法规定:穆斯林每日要在不同时段,做五次礼拜(晨礼、响礼、晡礼、昏礼、宵礼),每次礼拜前要做小净。洗小净必须是在有大净的基础上。如在性交、遗精、月经、生育之后,就算没有大净,要重新洗大净。大净的洗法是在小净的基础上洗全身(举意、漱口、呛鼻、洗全身为主命)。

全身的洗法是自上而下,即上水下流(不管大净、小净,用过的水,不可重复使用,以保持水的清洁),这样冲洗,避免了污水的交叉感染,可将所有的污秽清除。

此外,要把全身分为上、中、下三节。肚脐以上为上节,肚脐至膝部为中节,膝部以下为下节。每节洗时,先右后左,共分六段,俗称"三节六段"。第一遍全身着湿,即每根汗毛都要着水,然后可停水。停水是避免浪费水,接着才搓擦全身或用洗浴皂水。

堂哥在旁插话:"穆圣穆罕默德大净时用水四至五公斤,穆圣说:'即使在海边也要节约用水'。现在全球水资源短缺,可以看见早在一千多年前,伊斯兰已提倡节约用水了!"

舅妈接着说:"第二遍把洗浴皂水冲掉。第三遍用清水再冲洗一遍。每遍都按三节六段,由上而下,先右后左的顺序冲洗。在洗浴的过程中,全身经络上的穴位,都要受到水流的冲击和手的摩抚,就像做了一次全身按摩。大净后,不仅感到全身轻松爽快,而且头脑清醒,不仅做到身净,心也净。这样就不仅是'沐浴其身',而且是'教化其心'。"

进了浴房,我照着舅妈说的步骤净身,洗着洗着,突然听到母亲啜泣的声音,接着哭声越来越大!

我赶紧停下,关上水龙头,望向母亲,急着问:"妈,怎么了?"

只见母亲抽动着身子,蹲在地上索性号啕大哭起来!她边哭边说着:"我的罪孽是洗不清了!"

我这才明白母亲深藏在内心深处的痛苦。自从大弟被抓那天,她就不停地责怪自己,是她罪过太大,才令大弟进牢狱受苦受难替她偿还。

那时我不明白她说的罪过是什么,以为她怪自己读书少,不会教孩子,才让大弟身陷图圄。

至今才明白,母亲是因为没有让子女从小得到伊斯兰信仰的熏陶,因而使我们对教门知识一窍不通。

长久以来,她为此不断受着折磨,不断谴责自己,而这种事也只能默默承受,不敢向任何人诉说。

我也忍不住流下眼泪,上前抱住母亲安慰她说:"真主是宽大的,祂会原谅你,因为你是不得已,是为了保护家乡的亲人。舅妈不是说,穆斯林大净后,就将所有的污秽清除了!我们得抓紧时间,还得赶着上坟呢!"

母亲终于停止了哭泣,完成大净。

我和母亲、舅舅舅妈、表哥表嫂、表弟表妹一行八人来到母亲双亲和她先祖的坟前拜谒。这里埋葬着回家世世代代的先人。我们跪在这片荒冢前面，听着阿訇为亡人祈祷。

阿訇念的什么，我完全听不懂，只有随着亲人的动作依样画葫芦。

待阿訇离去，母亲扑倒在她父母的坟前流着泪说："孩儿不孝，当我长大能尽孝道时，去了台湾，等我回来时，你们走了！我没尽到做女儿的一天责任，就让我死后陪你们，再为你们尽孝吧！"

既然如此，为什么在台湾时，母亲又会去基督教会听道呢？

直到这次陪母亲返乡，她才和我细说因由。

"大陆解放后，你父亲跟随国民党到了台湾，由于他是国民党军官，怕连累家乡的亲人，就改了自己的名字、籍贯和信仰。况且，在当时那种艰难、复杂的社会环境下，我孤身在外，没亲没故的，你父亲又经常出差在外，连个说话的人都没有，住的周边没清真寺可去，其实，即使有也不敢去。我觉得非常空虚及苦闷，适逢基督教积极传教，我听着竟有许多和伊斯兰教的故事一样，就常去听道。其实也只是想寻求心灵上的慰藉和结交一些朋友。"

那，父亲呢？他的亲人怎么又都成了穆斯林？

春波堂哥告诉我，他们能追溯到的祖先住在浙江绍兴，原是信佛的，后迁到山西、河北，因其中一位先人出任彭城（北京以南，包括天津）卫兵马指挥使，扎营的旁边是清真寺，由于带军在外，生死难卜，经常和寺内的教长谈话，因敬佩他的学识丰富，又见教长经常帮助一些贫困大众，被他的善行感动，故改信伊斯兰教。自此，父亲的亲人中分为两支体系：一支礼佛，一支信奉伊斯兰教。

怪不得，那年参观位于沧州青县的盘古庙时，见盘古坐像上面及两侧有幅挺考人的联词，框联横书"亘古一人"，左书"日日晶晶朝天地"，右书"月朋朤朤定乾坤"。当时，一位沧州市的文史专家告诉我："日日（音煊）、晶（音华）、朤（音锁）、朤（音朗），四字同为明亮之意。这对联，是明朝尚书翰林院主考戴绍惠所书，而这位戴尚书就是你的七世祖。"当时我还觉得奇怪，现在总算明白。

这让我突然忆起，刚到吉隆坡时，曾陪家婆探访一位会解读三世书的老婆婆，她说我前世与佛有缘，今世会做许多公益的事，当时我也不以为意，如今获悉先人原本就礼佛，才觉世事玄妙。

想想自己 1987 年开始在马来西亚从事文化工作，至今三十年，纯属义务，不仅出钱出力，还要到处化缘筹款，倒也颇像老婆婆所说。

第十五章　返乡葬母

　　国民政府刚撤退到台湾的时候,穆斯林确实很少,即便到现在也才约有六万人。那时,台湾的清真寺就更少了! 直至现在,也只有六座,分别为:台北清真寺、台北市文化清真寺、台中清真寺、台南清真寺、高雄清真寺、龙岗清真寺。

　　后来我才了解,原来犹太教、基督教、伊斯兰教只信仰一个主宰宇宙万物、至高无上的的造物主,均奉圣经旧约中的亚伯拉罕为先祖圣徒,且均发源于中东沙漠地区。三教在耶路撒冷都有圣迹,都将之奉为自己的圣城。

　　对于基督教来说,耶路撒冷是耶稣受难、埋葬、复活、升天的地点;对于犹太教来说,耶路撒冷圣殿山上有第一座圣殿遗址(公元前 586 年被巴比伦王国摧毁)和第二座圣殿遗址(公元 70 年被罗马帝国焚毁),只余西墙部分(即哭墙);对于伊斯兰教来说,638年阿拉伯帝国在圣殿遗址上兴建阿克萨清真寺(伊斯兰教第三大圣地),以纪念穆罕默德的夜行登霄,西墙被纳为阿克萨清真寺围墙。1948 年以色列当局占领耶路撒冷后,不断拆毁阿克萨清真寺周围的大部分建筑,引发了巴勒斯坦人民多次起义。由于巴以双方都称这里是各自的圣地，很多古迹犬牙交错，难分彼此，说不清，理还乱，所以稍有不慎，就会引发事端。

此三教的经籍又有许多共同的联系。如基督教的《旧约》就是犹太教的经书《塔纳赫》（即《希伯来圣经》）。三教中的人物也有很多相同（如亚伯拉罕，伊斯兰教称为易卜拉欣；上帝耶和华，伊斯兰教称为真主安拉）。

基督教认为耶稣是救世主，而且等待着救世主的二次降临；然而，犹太教既不承认耶稣是先知，也不认同祂是救世主，更不承认《新约》，犹太教认为只有一本圣经，那就是基督教所说的《旧约》。伊斯兰教则承认他们的经典，称他们为有经的人，也承认犹太教的先知，但认为基督教的耶稣（尔撒）与亚伯拉罕、摩西（伊斯兰教称为穆萨）一样，只是上帝派到世上来的先知之一，穆罕默德则是上帝派到世上的最后一位先知，称为"封印至圣"。

由于话题太大，不好把握，就简单谈这么多。对于当时离乡背井、识字又不多的母亲而言，哪能理解这么多呢？

既然母亲回乡安葬必须按照穆斯林的教规进行，我提醒大姐赶紧询问牧师，明天是否适宜为母亲做追思礼拜。

大姐问过牧师后，特将他的原话转述给我："没问题！我们要为一位好姐妹祈祷，希望上帝保佑她一路平安，顺利回乡。"

第二天早上八点整，教会给母亲做了追思礼拜。现场庄严而肃穆，每个人都虔诚地聆听牧师的悼文："四十年前，年轻的戴姐妹跟随丈夫到了台湾，在举目无亲的情况下进入教会寻求心灵上的慰藉。这么多年来,她随同教会做了很多善事。她虽然没有受洗,但一直谨守基督教徒所有美好的品行,而且一直保持自己原来宗教的习俗。所有宗教有一个共通的特点,那就是爱,相信上帝会原谅她的。现在,她就要回到家乡,按照自己民族的宗教习俗安葬,我们祝福她并请求伟大慈悲的主能保佑她一路平安,得偿夙愿,灵魂能够安息。奉主耶稣基督的名,阿门!"

悼文念完之后,教会里的每个兄弟姐妹都为母亲祈祷和祝福,并朗读了母亲生前最喜爱的《诗篇》第 23 篇及《哥林多前书》13 章 4—8 节:

耶和华是我的牧者,我必不至缺乏。祂使我躺卧在青草地上,领我在可安歇的水边。

祂使我的灵魂苏醒,为自己的名引导我走义路,我虽然行过死荫的幽谷,也不怕遭害,因为祢与我同在。祢的杖,祢的竿,都安慰我。在我敌人面前,祢为我摆设筵席,祢用油膏了我的头,使我的福杯满溢,我一生一世必有恩惠慈爱随着我,我且要住在耶和华的殿中,直到永远。(《诗篇》第 23 篇)

爱是恒久忍耐,又有恩慈;爱是不嫉妒,爱是不自夸,不张狂,不作害羞的事,不求自己的益处,不轻易发怒,不计算人的恶,不喜欢不义,只喜欢真理;凡事包容,凡事相信,凡事盼望,凡事忍耐。爱是永不止息的。(《哥林多前书》13 章 4—8 节)

看着这平静、祥和的一幕,我深受感动。我们姐弟五人也感激地对教众一一致谢,并祈愿人类早日拥有这样的智慧,让所有宗教可以找到和平共处的办法,让更多的人通过信仰找到安宁和幸福。多一些爱和帮助,少一些冲突和战争。

下午三点,我们姐弟匆忙赶到台北市殡仪馆。台北市警察局做安检的人已经到了,正等候在门外。

一行人进入殡仪馆,安检人员首先用仪器对棺木做了全面检查。然后,工作人员把母亲的遗体从冷藏柜中搬出来,放入棺木。在这个过程中,每个步骤都由安检人员拍照、留证。随后,棺木的四周也都按规定贴上了台北市警察局的封条。

最后,警察局特备车辆,由专人将棺木护送到台北机场,直到第二天早上把棺木放进飞机的行李舱。

第二天就是周六。这天天气晴朗,万里无云,非常适合飞机飞行。一想到母亲很快就可以飞过海峡,回到家乡,我稍微松了口气。

飞机到香港再转机飞到北京时,已经是晚上七点。我们出了机场之后,天津市旅游局的何处长、续科长和刘经理已经带着几个工作人员和两辆车等在机场外。

我们拿着亲人带来的批文,连同台湾官方出具的文件,办理棺木入境的手续。没料到,两岸关系因李登辉的"两国论"正处于非常紧张的时刻,北京海关人员居然信得过台北警察局贴的封条,没有开棺检查,就顺利放行了。

然而,我们必须到货机的停机坪领取棺木。多亏天津旅游局事先办好了通行证,车才能顺利进入,直接将棺木抬上车,否则,又不知道会耽误多少天。

　　接着,我们一行人往沧州赶去。一路上,大家都沉默不语。我不禁想着母亲遗体能如此顺利出关,除了有那张家乡的官方批文,也多亏了天津旅游局懂得如何操办。同时,他们还周到地安排了一辆车装载母亲的遗体,一辆车让我们姐弟搭乘。

　　这一切都缘起于1997年。那一年,天津旅游局希望我能在2000年策划一场盛大而有意义的"马中文化艺术交流活动",以此配合由天津市人民政府主办,天津市旅游局承办的"渔阳金秋旅游节"。这样不仅可以让前来天津(精武会祖师爷霍元甲的出生和埋葬地)参加"千禧年世界精武大会"的嘉宾有更多丰富的活动,也能吸引到更多媒体的关注。

　　天津是我姥姥的家乡,出于对母亲和家乡的浓厚情感,对推动马中文化艺术交流的热诚,当然愿意尽心尽力,无私付出。故在这段时期,一直义务协助天津旅游局推广天津旅游业。没想到,现在却都转化为成全母亲顺利回乡安葬的善缘了!

　　过去,我曾因马来西亚的华人无论在文学创作还是推动文化工作上,始终得不到当地政府的公平对待,有时难免会沮丧,会抱怨,甚至想要放弃。直到母亲顺利回乡安葬,才明白文化的真实含义:它不是能以金钱衡量,用数据显示的;它的价值及产生的影响也不是立竿见影的,而是不知道在何时,在何处,它已慢慢生根、发芽、开花、结果了！

翻过这页记忆，经过三个多小时的行程，不到半夜十二点，车终于到达了沧州青县。

亲友正焦急地在家门口等着，看到车子开过来，就一拥而上，抬着棺木来到母亲出生的房间，放在炕旁。

这时，我俯身贴近棺木低语："妈妈，你不用害怕了，我已经把你带回来了，你可以跟自己的父母在一起了！"尽管隔着棺木，但我知道母亲听到了，一定听到了！

经过一天的奔波，所有人都很疲惫，大家聊了一些安葬的事情，就各自休息了。

第二天凌晨，我们先去清真寺做大净，之后，我亲眼目睹了整个葬礼的过程。过去虽然听家乡亲人谈起过，但似懂非懂。后来看了霍达写的《穆斯林的葬礼》，在脑海里也只是一种臆想，没有具体的概念。直到现在，才让我之前的种种臆想变得真实。事后特意请教了亲人，又请阿訇为我说明，才略微清楚了一些穆斯林的教规。

穆斯林称死亡为"冒台"（阿拉伯语的译音），中国穆斯林俗称"无常"（佛教用语，中国穆斯林借用成为专用语），更愿称之为"归真"，即回归真主。"归真"准确地反映了穆斯林对于死亡的认识。

穆斯林在临终前尚且清醒的时候，要做"讨白"（悔过），检讨一生的过错，祈求真主饶恕。

伊斯兰丧葬的两大特点是速葬土葬（如亡故于海船上，三天之内又靠不了岸，可以投入水中水葬）和厚养薄葬。

所谓速葬，就是要速埋、简葬、葬不择日，不用棺椁，要求三日之内下土埋葬。因为亡人奔土如奔金，也就是要赶紧"入土为安"。为此，穆斯林在哪里归真，就在哪里埋葬，不必非得运回家乡，也不必等待远方的亲属赶来送葬。

为了完成母亲的心愿，我没有依照穆斯林速葬的教法（其实我当时也不懂），而是将母亲的"埋体"（遗体）运回家乡。

今天已是她归真的第七天。我不担心自己是否会被责罚，只怕因而会影响到母亲的来世。

阿訇告诉我："真主是不要世人麻烦，而不是要世人为此受罚。"

又说："人非圣贤，孰能无过！真主安拉是最宽恕人的主，即便对那些故意而为的大罪，只要痛改前非，安拉都会减轻或免除对他的责罚，对那些无意犯下的过错，只要一经察觉，立即做'讨白'，真主定会原谅的。"

听了他的解说，我才放下了一颗忐忑不安的心！

至于厚养薄葬，是指父母在世时，子女要尽心地孝敬，当父母归真时，丧葬要简洁质朴，不可铺张浪费，因为所有财富生不带来，死不带去。更禁止有任何陪葬物和祭品。

父母去世后，最好的方式是把父母的积蓄和自己的钱财，拿出一部分直接用于周济穷人或者其他社会公益事业，这是伊斯兰教提倡的善行。

真正要为穆斯林亡人办的葬礼，只有四项工作——洗、穿、站、埋。

　　洗亡人一般要三个人，一人往"汤瓶"（水壶）中灌水，一人向亡人身上浇水，一人用白布或白布手套洗亡人。

　　按照教规，最合法的洗亡人的人，应当是亡人的至亲，或者是有道德的人——坚守斋拜、信仰虔诚的穆斯林，因为她们能够为死者隐恶扬善。为亡人做"爱斯里"（洗礼，为自己做大净称"吾斯里"）的，当然还必须是女性。

　　我和大姐都不懂，就请清真寺专管洗"埋体"的师娘，为母亲做神圣的"爱斯里"。穆圣说："谁洗亡人，为之遮丑恶，真主就宽恕他四十件罪过。"

　　她们三人将母亲从棺椁中抬出，放到"旱托"（水床，俗称"水溜子"）上，脱去其衣，用一块白布遮住羞体，开始为母亲做"阿布岱斯"（小净）。她们先执"清真香"（芭兰香）在母亲身边绕了三匝，以除邪驱秽。接着，一人往汤瓶中灌水，一人向亡人身上浇水，一人为母亲洗双手。之后，带上白布手套，为母亲净下身，再换手套，用棉花蘸水搽口和鼻孔代替漱口、呛鼻，洗脸洗双手至肘，摸头、耳、脖，最后洗双脚。

　　小净之后，开始为母亲做"大净"，先冲洗上半身，后洗下半身，先洗右侧，后洗左侧，先洗前胸，再洗后背，从上到下，先右后左，冲洗全身三遍，一直洗到肉眼看不到污秽为止。

　　母亲身上的皮肤洁白光滑，一丝斑点都没有，根本不像一个已近八十岁的老人。生前也没看她吃过或用过任何保养品，这可能跟她的基因和饮食习惯有关。

清真饮食提倡不饥不食，食不过饱。

此外，穆斯林从卫生角度，禁食自死物（鱼例外）和血液，认为容易含有大量病菌；从审美和伦理的角度，禁食猪肉，认为其性贪、其气浊、其心迷、其食秽，医学家的研究报告认为，其中有很多寄生虫和其他病菌，对人体有害。

除了这些，还有许多食物也在禁食之列：暴目者，锯牙者，环喙者，钩爪者，恶者，暴者，贪者，吝者，性贼者，污浊者，秽食者，异形者，似人者等。我觉得不吃这类食物，其实很像古人所说的避免以形补形，吃什么性格就像什么。

接着一人扶起母亲，使其倚靠着她坐起，并轻揉母亲腹部，尽量让腹腔的污秽排出，如有，洗涤干净即可，无需重洗大、小净。

净洗完毕，用净布将脸上身上的水轻轻拭干，并在母亲的七窍涂洒香料，以除异味防虫。

洗礼过程中，一人边洗边诵经，屋里除了她们，只有我和大姐跪在一旁，儿子和亲友都不能进来。

之后，开始为母亲穿"可凡"（殓衣）。根据圣训、教法规定，穆斯林只用白棉布裹身，忌用绫罗绸缎。"可凡"一般男三件（包括大、小卧单和衬衣），女五件（包括大、小卧单、坎肩、盖头和裹胸布），并各有其不同的尺寸要求（大卧单等长如身，上下长出7寸，宽4.05尺；小卧单等长如身，不留余地，宽也是4.05尺；衬衣宽

144

约 1.2 至 1.3 尺）。这是穆斯林从世间带走的唯一"身外之物"。

她们在炕上铺好大卧单,再铺好小卧单,然后铺好"匹拉罕"(坎肩),将已擦干净的母亲自水床移上,在穿坎肩前,先围裹胸布(应从胸部至大腿),并在母亲的头发上撒上麝香,在她的额头、鼻尖、双手、双膝和双腿都撒上香料;之后,将母亲的头发一分为二,放在坎肩上面,并将护心"都瓦"(经文)贴着她的胸口,再将盖头(约 3 尺)罩住头发。她们先包裹小卧单,再包裹大卧单,包裹方式都是先折左边,后折右边,最后用布带扎紧两头,以免散开。

全部整理妥当,才请亲属好友向亡人作最后一次告别,称作"善面"。

当她们为母亲做完"爱斯里"后,我们姐弟和母亲"善面"时,不可思议的事发生了! 母亲那张闭着眼睛的脸,已不再是皱着眉,撇着嘴,一副饱受委屈、很不情愿的样子,而像个熟睡的孩子似的,那么恬静安详。

我的亲眼目睹,使我不得不相信亡人的灵魂附体七日才散的说法。

这时,我坚信母亲心已安,魂已定。因为她知道,生前曾经因远离主而犯下的许多罪过,都能在这神圣的洗礼中被洗净,她的肉体和灵魂被冲刷得干干净净、清清白白,可以回归真主。

看到母亲面容的转变,我们姐弟都已激动得泪流满面,不能言语。

母亲家乡村子里的人听到消息,都络绎不绝地自动前来和母亲"善面",有的点上一束清真香,有的送上一份"经礼",表达对母亲的哀悼和祝愿。

"善面"之后,师娘将母亲移至特制的"塔布"(装埋体的经匣)内,置放在院子中央,头朝北,脚朝南,面向西——圣地麦加的方向。神情肃穆的阿訇率众来为母亲站"哲那则"(阿拉伯语音译,意为"殡礼")仪式,这是穆斯林葬礼中最隆重、最庄严、最简朴也最神圣的仪式。没有音乐,没有锣鼓,没有鞠躬,没有叩头,只有所有出席殡礼的穆斯林站立着,对亡人虔诚的祈祷声。

他们随着阿訇一起念诵"泰克毕尔"(大赞辞):

"安拉胡艾克拜尔(真主至大)!"

祷辞发自穆斯林们的心中。他们相信,无所不知、无所不能、无所不在的主都听到了,他们的心和主是相通的。

穆圣说:"你们为亡人做礼拜时,要竭诚地为他作祈祷。"

又说:"凡一穆民,若有四十位善士与之举行殡礼,真主一定准其祈祷,饶恕该亡人之罪。"由此可见,举行殡礼,有极为重要的、积极的意义。

全体穆斯林念诵完四次大赞辞后,向左右道"赛俩目"(问候语:愿安拉赐给你安宁),并将双手举到面前,接"都瓦"后,殡礼才算结束。

接着,村民争先恐后地抢着去抬"塔布",让我们非常感动。因为,穆斯林有抬送亡人的美德,认为抬送亡人可以消去自己的罪过,这种优良的传统既为丧家节约了开支,又体现了穆斯林的团结互助。一般由男性穆斯林集体肩扛（八人或十六人），抬至墓地，入土下葬。

一路上，只听到亲人低声呜咽，而无人号啕大哭，因为穆斯林认为人活在世上是人生旅程的第一阶段，死亡只是人生旅程的第二阶段，"复活"则是人生的第三阶段。是真主使其脱离尘世而回归到无初，是归真复命的历程。

因为，死亡并不是一个生命的结束，而是另一个生命的开始。

这和犹太教、基督教一样，相信人有来生，也类同佛教的轮回转世。

到了墓地，农地里，一片褐黄的新土，一个新挖的南北向"拉赫"（墓穴），就是母亲永远安息的地方了！

穆斯林认为人既来自尘土，就自然归于尘土。

埋体入土前，必须由亡人的至亲、儿子或兄弟试坑。主要是要确保墓穴的地面平整、干爽，没有土块、碎石，并有足够容纳亡人的空间，让亡人能躺在里面舒适地长眠，这也是穆斯林向亡人最后表达感情的一种方式。

完成这项工作的，当然是母亲最疼爱的大弟了。

大弟一个箭步，跳下墓穴，躺在墓穴里的黄土地上，仔细检查了一遍，就浑身颤抖起来，再也无力起身了！老舅赶紧跳下去，将他从墓穴拉了出来，吩咐让母亲赶紧入土为安。

地面上，"经匣"打开了，穆斯林们抬出了母亲的埋体，缓缓地放下去。老舅和大弟伸出双手，迎接她，托住她，将母亲送进"拉赫"。在中国,因天房(圣地麦加)在西方,故亡人应头朝北,脚朝南,面向西侧即面朝天房,靠右侧而卧。

阿訇带着几位海里凡(或称"满拉",伊斯兰经堂的学生)跪在坟北头,送殡者跪在坟南头,一直念诵着"下土经"至殡埋结束。

大弟僵立在墓地旁,面色苍白,因为母亲的归真,他知道,这辈子,对母亲的亏欠再也无法偿还了!

"埋礼"之后,我们请阿訇和海里凡到老舅家念平安经和知感经,并给亲友讲经(此为穆斯林纪念亡人的一种宗教善功,是一种"报主报亲"的"可嘉"行为)和聚餐。这时"油香"(回族独具特色的面点食品,被看作是真主赐予穆斯林的圣洁、佳美的食品,只有在红白事或过节时炸制油香,相互赠送,以示祝福和纪念)是必备的食品,另外宰鸡、羊或牛,则视各家经济条件而定。

我们愿为母亲广施博舍,多散"乜帖"(施舍或捐赠财物),多积善功,让母亲能进入天国乐园。除了捐钱给清真寺,又宰了一头牛,分为三份:一份自用,一份馈赠亲友邻居,一份济贫施舍;牛头、牛皮、牛尾就赠送给为母亲诵经的阿訇,以表尊重和感谢。

老舅提醒我们,你们姐弟分处各地,如有能力,在你们母亲亡故的七日、四十日、百日、周年、十年、十五年……时,尽可能回家乡为你们母亲上坟(游坟,或称走坟)。这不仅是你们表达对母亲的怀念的方式,也是祈求真主宽恕,并将所做的一切善功回赐给你们的母亲,更是你们对人生的一种反思、自省和觉悟的过程。

大弟立马就说:"我不会离开这里了,决定长住在此(为此,大弟已入籍大陆)！为母亲上坟的事我会照办,而且还会经常做。"

小弟也表示:"我目前在北京工作,也会常来上坟。"

小弟在 1992 年认识了一位山东青岛的姑娘,人长得清秀,人品又好。那时他给我看照片时,我就觉得他俩有夫妻相,再加上父母一直有落叶归根的想法,而且大弟已回到沧州开面包店,为此,小弟觉得在大陆结婚也是切合实际的做法。正好有位他在台湾的旧同事在北京成立公司,需要请人,婚后,他们夫妇就在北京住下了,1997 年 12 月生了个儿子。

母亲知道戴家终于有后,可以传宗接代了,别提有多高兴。当小弟获悉母亲进了加护病房,立即带着妻儿返回台湾。母亲躺在病床上,看到一岁多的孙子,虽喉咙插着管,不能言语,可还是紧紧抱着孙子,用手轻抚着他的头,既高兴又伤心地流下了泪。

母亲在她人生旅程的第一个阶段,因时代动荡,历经战乱,远离家乡亲友,尝尽了苦难和孤独;又因大弟的牢狱之灾,深受打击,饱受折磨。然而,她都能咬着牙承受一切,坚韧不拔地挺过来。但是最终却没能挺过一场病魔的肆虐。母亲生前没能好好地享过福,我们深觉愧疚,她归真后,只要我们能办到的事,都一定会去办,为的就是让母亲在她人生旅程的第二个阶段得到回赐,永享天园幸福。

连续七天马不停蹄地处理这么多事情,而且都是我们从未经历过的事。为了赶在七天之内将母亲从台湾带回家乡安葬,那种一分钟也不能耽误,不敢耽误,拼命抢时间的过程,有如一场激烈的战争,神经一直是紧绷着的。现在,终于可以松弛下来了!

晚上,我躺在酒店的床上,思索着,觉得一切的一切,简直不可思议。因为只要一个环节:物流公司、批文、安检、航班、天气、海关……稍微有些耽误,就会拖上一天,一个月,甚至更久。

我知道冥冥之中,一定有种强大的力量在协助着,推动着。

就像母亲去世时,即便她回到家乡必须按照原来的宗教仪式安葬,但基督教会的牧师和教友依然给予母亲极大的宽容和理解,为她做追思礼拜,祷祝母亲平安上路。回到家乡后,伊斯兰教的阿訇和亲友们也没有因为母亲曾流落异乡,背弃过真主而遗弃她,依然为她做殡礼,并祈求真主宽恕赦免,让母亲能回归真主。

我相信,这个协助着,推动着,能让所有的困难都迎刃而解的力量,就是强大的"爱"的力量。

其实世界上任何一种宗教(只要不是邪教),都是劝诫人们心存善念,互敬互爱。可是人们却要假借宗教之名,引起冲突,挑起战争。宗教的宽容、理解、大爱,为什么会被人曲解和利用呢?

这问题太复杂了!我在思绪乱飞中,逐渐陷入梦乡。

第十六章 节外生枝

"华儿！华儿！我怎么找不到回家的门呢?!"

我一下子从梦中惊醒。

母亲那张着急又惊恐的脸一直在我眼前不停地晃动着。

难道……难道……我排除万难,万里跋涉,昨天总算能顺利带着母亲的遗体从台湾回到她大陆的老家安葬,却竟然将她葬错了地方?

我不禁打了个冷战,抹了抹满脸的汗,看了看墙上的钟,将近午夜。

虽是一场梦,但却这般真实,真实得让人揪心。

梦中只见母亲推开一扇又一扇的门,门快速地像滚轮似的转换着,而母亲的神情也像滚轮似的不停变化着,期待……焦急……惶惑……惊悸……失望……期待……焦急……惶惑……惊悸……又失望……直到她颓然又沮丧地跌坐在一扇门前的椅子上,呆若木鸡。

这情景,一直在我脑海里浮现,令我心如刀割!

我起身在沙发上坐了一会儿,重又躺回床上。但只要一闭上眼,刚才母亲那张因找不到家门而期待、焦急、惶惑、惊悸又失望的脸,却总是在眼前晃动,母亲带着哭腔的话语也总是在耳边回响。这一切都太真实了,好像母亲真的就站在自己面前,我想要上前帮忙,但却有心无力。

我再也睡不着,在床上一直翻来覆去,一遍遍地试图解析梦境中的一切。

第二天一早,我问了老舅。我不敢向他说出梦中的情景,只问母亲安葬过程中有何不妥之处。

当他将实情说出时,我几乎惊呆了!

他说:"你大姐去年在离你姥爷和姥姥墓穴不远处,跟一位没有孩子的寡妇(当地称为绝户)那儿买了一块地,预备将来自己无常时葬在那儿。结果,8月5号突然接到你们的来电,说要带你母亲的埋体回来这里安葬。这一下子,给我们出了个难题……"

"为什么?"没等老舅说完,我立刻就问。

"因为按照老家的规矩,女儿出嫁之后就是别人家的人,如果'无常'了,就应该葬在夫家的祖坟里,娘家是不会为她保留坟地的。即使她被休掉,娘家也没她的地方,只能靠边埋葬。你们姐弟一直住在台湾和国外,可能不了解。虽然你们孝顺,想要完成你们母亲的心愿,把她埋在她父母脚下,但我们就算想照办,也没空地了,只好用了你大姐保留的那块地。"

老舅接着又说:"你们这样做,其实也让戴家非常难堪,毕竟她是戴家明媒正娶的媳妇，你们的爷爷和奶奶那儿都留有坟地给儿子和儿媳以及子孙们，当然，也包括你两个弟弟。可惜你的大伯、二伯、三伯和六叔都在外地'无常'，无法在他们父母身边长眠，这下，总算有个远在台湾的儿媳回来了，却又要葬在娘家，你说，让戴家情何以堪啊！"

我根本不敢言语。老舅叹了口气，继续说："原本这件事，只有你爸爸做得了主，可是又偏偏联系不到他。这些年来，你们为家乡学校捐款，修清真寺，再说，我们又不清楚你们母亲真正的心意，所以大家再不愿意，也只有照办了！"

听了老舅的一番话，我才明白，为什么我会做那个梦了！

其实，母亲从住进加护病房就一直插管，无法言语，她又不会书写，而我们却一味寄望她的病能有起色，忌讳让她交代身后事。所以，只能单凭记忆中她说过的话来作处理，而不知道这件事多么有违传统礼俗。

母亲虽然常向我们抱怨父亲，但很可能只是她一时的气话，毕竟，她这一辈子只有父亲这个男人，而且还是她深爱的一个男人。

如果母亲真葬在她的父母脚下，也算圆满，可是现在，却让她像孤魂野鬼一样找不到自家的门而托梦给我。

这下，我该怎么办呢？

何况，一直找不到父亲。不知道他现在又到了大陆哪个风景区、哪个疗养院住下了。就算找到他，大错已铸成，总不能马上挖坟迁坟吧?!

天哪!我原本一片孝心,怎么反而将事情办砸了呢?!

如果我将梦中的情况告诉亲友们,不仅于事无补,还会增加大家的心理负担,尤其是大弟,更会令他痛上加痛!

因此,只好先独自承受着这种痛苦,等着父亲"无常"那天再说吧!

第十七章　奇人奇事

　　1999 年 10 月 1 日,中华人民共和国为庆祝建国五十周年举行阅兵仪式和庆典,我也收到了中国国务院侨办的邀请。我特意提前回乡,选在母亲"无常"四十天为她上坟时,和她分享这份荣誉。庆典过后,我写的文章《走进十月的阳光——新中国五十周年大典观礼追记》除了在马来西亚的《南洋商报》、中国的《人民日报》海外版刊载外,也刊登在家乡的《沧州日报》上。

　　我要告诉母亲有关新中国的进步,告诉母亲两岸和平统一,不仅是中国人,也是所有海外华人的期盼。

　　在母亲去世三个多月后,大弟的女儿出生了,为了纪念母亲,大弟特意为她取名自真。自此,他就将全部心力投注在女儿身上,烘焙房的事就交给张经理全权负责,自己只是每月收取租金,够过日子就成了!

　　三年前,他发给我一篇名为《天下无疾》的帖子,是他和朋友分享他们一家子的养生心得。文中谈到饮食习惯、静坐、气功还有许多用中药调理身体的法子,认为只要遵循这些,就能避免生病。

由于大弟不是学医出生，故收效甚微，只有他的妻子和女儿成为他的信徒。

我和大弟曾在一次闲聊时谈到这个话题，他略显沮丧地说："自从我在牢里读了许多中医书，便一直相信中医对这个世界的贡献终将比西医大。因为它省时、省钱、省力，易学、易懂、易用，不但治病，更能防病，自己保健，自己治疗，种种优点不一而足。其他民族迟早会认识它的价值。"

"我一不开中药铺，二不卖药赚钱，只是想告诉大家，希望人们不再为病魔所困，为什么他们就不相信呢?"

"别说他们不信，就连我也不会轻信。"我故意顶撞，不怕他生气。

"可是，我在绿岛病危的时候，就是用静坐、气功和吃中药这些方法，才将自己从临死的边缘救回来的。"

"但是，你得将这些过程说出来啊! 这样，我们才能判断是不是真的。"

"你弟弟不是个会说谎的人，只是如果照实说，我怀疑，会有人信吗?"

"你不说，就一定没人信;说出来，起码还有机会让大家判断是否可信。"

我步步进逼。大弟还在犹豫。我又说:"你一直推崇中医中药，如果说出亲身经历，借此推广中医中药，何乐不为呢?"

"好吧! 让我整理一下思路，以后发给你。"

大弟是个言出必行的人。隔了一个星期,我收到他发来的邮件,回答了我提出的一些问题。

三姐:

在回答你的问题前,我先说明自己如何会病危的原因:

1977 年 11 月 1 日晚上 11 点多,我和赖明烈在他的租处正谈着未来的计划,突然,一阵急促的敲门声将我们的话打断。我们遂心生狐疑,这么晚了,还有谁会来? 我起身开门,见门口站着两个陌生人,出示一张传票,说有要事传讯我们,问完话就让我们回来。我们两人跟着他们上了车。

我们被安排坐在门窗紧闭的后车厢,看不到车外的街景,不知道车子驶往何处。后来才知道那是设在台北木栅的"警备总司令部"保安处的景美看守所。

被捕之后,在"警总"保安处问案,虽然没遭酷刑,不过连着不知道多久的疲劳审问也能把你的身子糟蹋个够。日日夜夜,夜夜日日。一夜不准合眼能令人精神涣散,连续三日三夜便会整得人精神崩溃。而他们则是以人海攻势,养精蓄锐轮番上阵。反正就是不让你睡觉。据知很多冤死者便是在这种精神崩溃状态下,被迫承认编好的罪状,而枉送一命的!

我记得有一天,一个医官测量了我的血压,或是别的什么,低声跟问案的几个人说了几句,才让我睡了一觉。那是多少天后？不知道。地下室里面只有灯光，没有阳光月光，没法算。①

　　在移监至绿岛之前，有一天我在景美看守所的走廊上放风，墙的尽头挂着面大镜子，我模模糊糊地看见一个人，当时我的近视眼已经超过了眼镜的度数，所以看不清镜子里照的是什么。当我愈走愈近，发现里面居然有一个肿胀得像发水面包的大胖子。咦？是谁啊？怎么没在楼上这一区见过呢？

　　越走越近，等走到了镜子面前，我猛然吃了一惊。天啊！镜中人竟是我自己。

　　1978年5月25日清晨六时，我和赖明烈、姜庆尧、王效奥、郭越文、朱子超、张兰亭、徐德亮共八人，经五花大绑，戴上脚镣手铐之后，被抬上台湾航空公司所属的两架小飞机，由台北松山机场押送至绿岛监狱。

　　到了绿岛，有一天国际特赦人权组织前来探监，并和一些狱友进行了交流。事后，这些狱友全被上了脚镣手铐，我气愤不过，和狱警理论，引致某个监狱官一直不断以言语侮辱我们。我实在忍不住反唇相讥，开始对骂，并带领难友抗议，又踢破牢房门，结果就被弄到楼上隔离区一个不到四平方米的黑牢内独居起来，不让放风，幸好还让看书，但有时又

---

① 这样的刑罚查不出伤痕，不怕人反告。到了军法处，任凭你指控，都可以来一个不认账。无怪特务们会大言不惭地夸口，只要被抓进来，便不怕你不认罪！

不让,我也无所谓。这一关就关了半年。然而,这段时期是我看书最快的时候,几乎两到四天就看完一本。后来是楼下的其他好汉忍不住开始为我闹绝食,我才又被送回大牢,开始跟着大家一起放风。

总之,只记得在绿岛监狱里面,至少被监禁在黑牢里四次,上过一次脚镣,打破两张狱门。至于细节,懒得再提。

遗憾的是当时没看过《魔鬼终结者》,没学莎拉·康纳一样天天在牢房里锻炼身体,等着出去拯救世人。所以自然而然,身体健康就每况愈下了。

有一天晚上熄灯之后,突然腹部剧烈疼痛。我咬牙忍着,以为过一会儿就会好,最后实在是忍不住了,喊了监狱的守卫。他说天马上就亮了,叫我等,我那时已痛得飚冷汗,几乎要昏过去。终于天亮了,守卫才开门送我到医务室。医生检查之后说我是胆囊炎,给我开了一些药。回到房间,药刚吞下肚就吐了出来。我就再也不愿找他们看了。

1981年到1983年间,是我挣扎着自救的过程:父亲为我寄来一本《大师在喜马拉雅山》,我也听狱友朱子超介绍,开始练习"天斩气功"。开始请台北家里的弟弟和大姐帮我买跟医学有关的书(中医的书和西医的书都买),也请住在境外的你帮忙买台湾买不到的药。这段时间我经常在书上翻查跟我病情有关的药物资料,然后让小弟购买寄来,再想法子吃下。

有时吃完了药后,人会躺在地板上浑身打哆嗦。等恢复过来,还是接着查,接着吃。当时因为年轻,不为别的,只为一口气。心里只有一个念头,我就是要死也要死在两岸统一后。

可是,随着时间的流逝,自己也感觉很难实现了。记得最后我终于用狱方察觉不到的方式给小弟发了一个绝命信号,安静地在那里等着生命结束。

说完了我得病的起因,才能够回答你提的问题,这也是很多人曾问过而我从不愿意说的问题。

问:如何结识吕耿沛?

吕耿沛是1982年9月17日被送到绿岛来的。他来的前一天晚上,我做了个梦,梦到有个人来救我。梦醒之后,也没当一回事。试想,有几个人会把自己做的梦当真呢?所以第二天白天,当听到别人说起有个新犯人到监时,根本没把这两件事往一块儿想。

这段时间,我每天晚上继续练习一年前朱子超难友教我练的"天斩气功"。因为身体已经很差,所以每天只能在晚上睡觉前打起精神练一个小时。白天呢,一些正经的书也由于缺乏体力看不下去,便只能翻翻国民党允许订阅的《时报周刊》,还有小弟寄来的金庸全套武侠小说,消磨时间。我记得当时的《时报周刊》经常刊登一些奇奇怪怪的灵异事件。我原本是不信那些玩意儿的,可是看多了之后,不知不觉想起多年前在旅行社担任导游期间发生的一件事。

有一天跑团回来，大家闲着没事，经理起哄，让旅行社里有位叫冯定国的同事表演"猜字"给我们看。几经推拖，无奈之下，他先是在一张办公桌上放了一张白纸，用笔在上面画了一个太极八卦图，然后问谁愿意试。有位跟我同期结训的女导游叫李先华的，说她想试。冯定国于是指示她先出去，到别的房间在一张小纸条上随便写个字，再揉成团拿进来。李先华照着做了。冯定国又让她把揉成团的字纸从太极图的上方以自由落体的方式松手抛下。若干次后，冯定国很谦虚地说他自己因为道行不够，只能勉为其难地猜出字的一半。然后在画有太极图的纸上空白处，写下了没带草字头的"華"。虽然少了个草头，大家仍然能看出来是个华字。等到李先华把揉成团的字纸展开后，不用说，确确实实是个华字。

作弊？不可能！李先华是跟我同期考上导游并且一起受训的。她跟冯定国绝没有认识的可能。进入文宾旅行社就是冯定国帮我介绍的，冯定国我又是怎么认识的？是他在文化学院的同学聂浮萍介绍认识的。而聂浮萍则是我在台北市基督教女青年会认识了好几年的朋友。我记得事后曾经问过冯定国怎么回事，他只笑笑说学这个没什么用，没必要知道。

于是，我开始对《时报周刊》上的报道认真起来，读得比较仔细了。看多了之后，发现里面经常出现几个字："唵嘛呢叭咪吽"。这几个字究竟是什么意思啊？到底又怎么念呢？

正好监狱里关了几个和尚，也是造国民党的反进来的，真正是"无法（发）无天"的和尚。哪天找机会问问他们吧。

这一天终于来了。1983年3月10日，吃完中饭后，听到守卫大喊全体受刑人集合到礼堂看电影。在铁门咣当一声打开前，我就把这几个字写好了掖在上衣口袋中，好等待会儿见了和尚拿出来问。

集合时队伍还没排好，听到楼上下来了个人。我抬头一看，心里打了个寒噤。这天底下还有长成这模样的？人不像人，鬼不像鬼。不但瘦，而且白。看身上穿着的衣服，肯定也是个难友。以前怎么没见过？

不管他，先盯着和尚要紧。排队进入礼堂后，我觑准了一个和尚，坐在他正后方的椅子上，抓紧时间拿出纸条递给他，问道："师父，请问一下，这几个字究竟应该怎么念？又是什么意思？"

这位姓庄的和尚看了字条，倒是挺客气地回答我。未料他的话音刚落，在他正前方的位置上冒出了个声音："不对，这样念不对，应该这样……这么念。"我还没看清前方发声的好汉是谁，只见庄和尚已经脸色变绿，直追《水浒传》里鲁智深杀人前的表情。我赶紧打个圆场，平息这尴尬的局面："谢谢，谢谢两位大哥指点。请先看电影。日后有机会再请教。"

次日下午,来到放风场。我如往常一样,找了一块阴凉地坐下,无聊地看着别人打球,跑步。时间一长,发现了一个极其奇怪的现象。昨天看到的那个人不人鬼不鬼,跟着庄和尚抢答我问题的新人,居然一个人大摇大摆地在放风场里散步。谁也不理,谁也不睬。比这更奇怪的是,放风场里那么多人,居然就没有一个人上前找他问东问西。要知道这人在国民党的牢房里关久了,没有一个不变成与世隔绝的文盲的。不是说人都变得不识字了,而是每天瞪着到处开天窗的报纸,时间久了,自然不晓世事,成了井底蛙,池底鱼。所以,只要见到刚从人间坠落地狱的新鲜人,当然就没有不把他围着团团转的。

可是,今天这个人是怎么了?放风的时间过去了一大半了。看他一个人在我正前方三十米隔着篮球场的草地上坐了下来,我终于忍不住站起来,走了过去。

"先生,冒昧地问一下,我能坐下和你聊聊吗?"

他很客气,马上站了起来跟我打招呼。

"当然,坐,贵姓?"

就这样,我们攀谈了起来。我先谢谢他昨天在礼堂里告诉我那几个我不会念的字。接着单刀直入,问他为什么会念那几个字,为什么会成为佛教徒,为什么会相信那些乱七八糟无法解释的怪事?他自己看到过吗?然后我把我在旅行社看到的那件事描述了一遍。

"不但看过,我也会。"

"你也会?"我大吃一惊。我盯着他那双几乎看不到底的深邃眸子,望着他那虽然白,但却白得隐隐泛光的肌肤。这个瘦得一身只见骨架的人也会? 我忍不住怀疑地问道。

"会。"

"能让小弟开开眼吗?"

"当然可以,今天晚上就可以。"他说得斩钉截铁,没有一点迟疑。

那天晚上他真来了。吃完晚饭,铁门咣当一声,他被送到了我们这区看电视。整区的人不见有人理他,只有我将他迎进了我房间。

"坐。"

"请。"

打完招呼之后,我迫不及待想看到他下午说他也会的本领。

"拿张纸来吧!"

我赶忙拿出一张纸,还有笔。

他很快在白纸上画出个太极八卦图。

"你看到的就是这样子的图?"

"是,没错。"

"那么,你写字吧,就按你曾经看到过的那么做。再揉成团,在图上往下丢。"

我撕了张小纸片,写了个字,也依样画葫芦,照我记忆中的法子,把纸团在八卦图的正上方,放了开来。几次之后,他就告诉我:"行了,是不是某某字?"

"正是。"我瞪大了眼珠,难以相信。

"不信是吧? 再写一个。"

于是,一次又一次,写了好几回,他都说对了。

"唉! 这样太麻烦了,你干脆随便拿本书,随便翻开一页,随便指个字。我直接告诉你算了!"

"嘎——有这样的事?"

于是,我顺手拿了这两年经常翻查的《本草纲目》,按照他说的,随便翻开一页,随便指个字。几乎就在我手指指到字的同时,他就说出了那个字。这时我简直懵了,无法相信自己眼前的一幕是实实在在发生的事。我望着他,傻了。

"你,你是怎么知道的?"

"你再指一味药看看。"

我疑惑地望着他,然后低头随便用手指指到一味药的药名上面。没想到,更神奇的事出现了,他居然就从药名开始往下念了起来。不,应该说是背了起来。一路下去,流利顺畅,毫无滞碍,直到背完。我又指了几味药,又听他从头背到尾。会背书,不神奇,能知道我指的是哪味药之后再如滔滔江水般背了出来才神奇。

我再也忍不住,问他:"这到底是怎么回事?"

他笑了,笑得跟金庸武侠小说里的欧阳锋一样诡异。

"其实,这也没什么。坦白说,你手指一指到那个字的时候,我师父就在我耳朵边告诉我了。"

"你师父?……你师父在哪儿?我怎么看不见,也听不见他跟你说话?"

"他不是在房间里跟我说话,他是在别的地方跟我说话。"

这更奇了。在别的地方?在别的地方怎么能看到我手指指的字?在别的地方说话,我更应该听得见啊?

于是,他跟我话家常般,说起他六岁时遇见他师父,每天放学后跟着他师父修行的故事。听着他的故事,我脑中联想到无数中国古书上记载的异事。封神榜、老子、庄子、列子、赤松子、彭祖、诸葛亮、刘伯温……还有武侠小说里面描写的"传音入密",一段段被人视为荒诞无稽的神话、传说、野史纷至沓来。

问:为何会信任他?

三姐,人与人的信任关系是件很奇怪的事。家庭成员之间,纵使有千百年流淌的血缘关系维系着,彼此之间也不见得就能保证有百分之百的信任。父母与子女,兄弟姐妹之间都经常会怀疑对方。为什么?不知道。

我为什们会信任他?信任吕耿沛?

很多人问过我同样的话。我的回答都一样："我为什么要怀疑他？"

一个被国民党判了无期徒刑，在监狱里面坐了五年牢，又已经病入膏肓，原来仅存的一点求生欲望都快被耗尽了的人，国民党发神经，会大费周章派个卧底到牢里来谋害他？

说实话，就算吕耿沛不曾在我面前显露那些神龙见首不见尾的神通，我也会接受他帮我治病的。一个人主动地、好心地、不求任何回报地想帮助一个自认为已经没有多少活头的人，你如果是这个人，你会怀疑他，拒绝他？而且，他又说了他是中医师，也买卖中药材，之所以被国民党抓起来就是因为走私中药。有那么大本事的人，为何会被抓？看出了我的疑问，他也说出过一大堆似是而非的理由，反正我没听懂，也不觉得有多重要，所以忘了。

第二天，他又到了我们这区，到了我房间，然后很慎重地告诉我，我病得很重，他身边正好有些北京同仁堂的药能治我的病，愿意给我吃。说完，从口袋中掏出了一大袋子药丸，递给我。

我立即回绝，说道："那哪行？"

"你放心，我吃给你看！"说罢，他就拿出一颗药丸往自己嘴里一扔，咽了下去。

"不，不是那意思。……你的情，我怕……我怕以后还不了啊！"

"戴先生,你别这么说,我们都是为了一个目标进来的。而且,你这些年来让你姐姐弟弟也买过很多药送给别的难友吃,是不是?"

当时,我没问他是怎么知道的,也许是听别的难友说的。但就是因为这句话,信任,三姐,信任就是从这句话来的。

暂时写到这里吧!我实在是写不下去了。等过两天我心情平复了再写。

(附记:在我和他这次谈话之前不久,我刚好看了一本从难友处借来的杂文,书名和作者都忘了。只记得里面有篇文章说,在旧时的中国,送药给别人是非常忌讳的事,除了送北京同仁堂的药。换句话说,只有北京同仁堂的药才能被当作礼品赠送。在看到这篇文章后,我才知道北京有个同仁堂。这次是吕耿沛第一次显露他知心的能力。从这次之后,又经过了很久,我才知道吕耿沛每次说话都不是随便说的。因为每到关键的时候,他都能往你的心里说。不过,1988 年我到北京同仁堂询问之后,才发现真相,当年他送我的药,同仁堂的回答是没听说过。)

过了一个星期,我又收到大弟的电邮,他接着回答了还未完成的部分:

问:他如何帮你治病?

打从这天晚上开始,吕耿沛就开始正式帮我治病了。

我很听话,从此以后,他让我干什么我就干什么,他让我吃什么我就吃什么,他不让我吃什么我就不吃什么!

那天晚上,他还问我:"你不是想学我昨天的本事吗?"

"是呀!你师父同意你教我了吗?"

"同意。所以,从今天开始,你必须学会念'观音灵感真言'。"

"你师父不是修道的吗?怎么念佛教的真言?"

"学不学?"他用清澈黑亮的眸子盯着我问。

"学,学,马上学。"我心想,管他佛教道教,只要能学会他昨天晚上表演的本事就行。

于是,我开始认真地跟着他学念"观音灵感真言"。费了一个晚自习的时间,我终于学会了。然后他告诉我,每天一定要念多少多少遍才管用,念诵之前得怎么怎么礼敬。

我问:"念多久能练成呢?"

"两个月。"

从那天开始,我每天按时吃他送我的药丸,每天照着他告诉我的次数,毕恭毕敬顶礼膜拜之后,开始一心不乱,不停地念起那段诘屈聱牙的"观音灵感真言"。

在我开始念他教我的真言后,如果我没记错,应该是不到一个月的时间,有一天晚上,正坐着念着,我的海底,也就是会阴穴周围,突然开始像文火烤一样逐渐热了起来。我越发精神抖擞地念着(跟他给我每天吃的药应该也有一定的关系),极为好奇地想知道接下去的变化,心里也不由自主地想起了金庸武侠小说里的情节。那些男主角的奇异经历,一幕幕在我脑中浮现,我念得就更起劲了。

这一晚,我一夜没睡,就为了打通这传说了几千年的"督脉"。

这时,会阴穴周围大面积的炙热渐渐集中,汇聚在脊椎骨的最下端,然后往上缓缓移动。停住了,这热点。慢慢地这热点越来越热……我一心不乱,继续念着……突然,全身似乎震动了一下,接着又好似自行车的轮胎扎了根钉子爆了,泄了气。然后,这热气又开始集中汇合,往上缓缓移动延伸。走着走着,又停了下来,跟第一次的感觉一样,越来越热……然后,又是全身震动了一下,泄了气似的感觉又重复了一遍。有意思,我心想,好像在过一节一节的脊椎骨似的。就像高压蒸汽顶开往复式蒸汽机气缸进气门时的那种感觉。

于是,我不停地念着,用心感觉着这聚气、提升压力、冲开阀门、压力陡降的循环过程。终于,这热柱子到达了头顶的百会穴。

哇噻! 这就是千古传说的督脉。我打通了——督脉!

我满心狂喜。为证实了中医世世代代记载的经络学说而欢呼!

我又接着念诵"观音灵感真言"。

热气继续顺着头顶往下缓缓移动。经过神庭、印堂、素髎、水沟……忽然，一股强大的气流自我口中喷了出来，不是我自己主动吹气，而是体内不由自主地在往外泄气。就像泄气的气球一样，气不断地往外涌，只是，这么久了，我怎么光吐气，不用吸气了呢？我肚子里面又哪来的那么多气啊？

气终于吐完了，我也累得不行了。往外一看，天早亮了。睡吧，少侠……

次日，我又接着打通了任脉。

当然，在这段时期，已经有其他难友开始警告我吕耿沛的身份可疑，很可能是国民党的"尿陪"（闽南语里"卧底"的意思），专门打小报告的。也有说他是个乩童，专门走江湖骗人的。为了耳边这些好心好意的谏言，我曾面临着重大的抉择。一是让所有的同志朋友失望，让人把我当成神经病，然后继续和他来往，弄清他那一身诡异本领的"真相"；二是让自己这一辈子（无论还有多长）永远活在未解开谜底的疑惑中。特别是有一天，他居然"指示"我在每日下午放完风进入牢房关上门之后，大声唱出"南无阿弥陀佛"佛号，那时我的内心着实纠结挣扎了一会儿。实话说，如果不是前些日子身上的督脉、任脉通了，我真怀疑我是不是会听他的话。

最后，我选择了"让别人把我当神经病"的不归路。

从这个时候开始，我自然知道，"戴华光坐牢坐出神经病"的传言就要走出牢门，传到所有原本正关心或是反关心我的人那里去了。

下定决心豁出去之后，反而心情舒畅，精神愉快了。每天下午，等狱卒一关上门，我就立马开唱，大声地唱起"南无阿弥陀佛"的佛号来。

唱了多久，忘了。反正某年某月某日的一天下午，正唱着唱着，我合十的两手十指顶端开始如针扎般剧痛起来，是那种真正刺骨的痛，只感觉骨节痛，皮不痛，肉不痛，就是骨头里面痛。可是，对于经历过两年多前如绞腹痛的我，这种疼痛已经是小菜一碟。何况，这疼痛之后会给我带来多少难以想象的未来啊！

自从打通了督脉、任脉，我的身体一天好似一天。我已经清清楚楚明明白白地知道，自己是绝不会"英年早逝"了。而且，听阿沛说，我们很快就会出去的，出去的时候，两岸已经统一了。那不正是我愿意为之舍生忘死奋斗的目标吗？它实现了，两岸的中国人再也不会打仗了！我憧憬着即将来到的美丽新世界。

忍着疼，我努力地唱诵着。

疼痛没有停在一个地方，它会挪动，沿着骨髓。指骨，掌骨，腕骨……实在累了，唱完了阿沛规定的次数，躺下就睡。睡得真香。多年来没有过的睡眠重又回到了我身上。

接下来数天，这骨髓里面的疼痛一天一天地进行着，指骨、掌骨、腕骨、尺骨、桡骨、肱骨……然后有一天，从胸部每一根肋骨的顶端也开始疼痛了起来。痛得你不用数就能清楚地知道人有几根肋骨。这肋骨的疼痛从胸前往身后无声无息地匍匐前进,沿着肋骨生长的路径聚齐到了脊椎,再往上移动,终于,当它和从十只指骨移动过来的疼痛会师之后,悄无声息地终于消失在后脑勺的下面,再也无踪可寻。

疼痛结束之后,我立刻觉得身体轻了许多。放风时阿沛听我说完,跟我说我已经脱胎换骨。

"脱胎换骨,真的?"

没错,一定是真的,因为为期两个月的时间就快到了。我快练成阿沛那神奇的本事了。我就要解开那神奇本事的奥秘了!

结果呢?两个月到了!我怎么没感觉到有什么变化啊?我听不到上师跟我说的话啊,我也看不到别人写的字啊!

肚子里面不由得冒出了一股火,心想:"这神仙也是骗子?!说话不算话?找阿沛理论去。"

放风场上,找到了阿沛,质问他怎么回事。他仍然报以欧阳锋式的笑容,什么也没说,自顾自走开,不再理我。

我这人,当时只往牛角尖里钻,看他不理我,我索性也不理他。收风之后,回到房间看到他给我的药,不吃了,明天就还给他。他教我念的"观音灵感真言",不念了。

可是,药不吃容易,这念了两个月的真言说不念就不念可就难了。脑子里面好像已经让烙上了印似的,去不了啊。

173

气得我没法,开始心里念起:"他妈的,他妈的,他妈的……我不念了,我不念了,我不念了……"

也奇怪,这身上的气怎么照走不误啊!他妈的,是不是被绑架了?用条无形的绳子拴着我。气死我了,不念了,就不念了。

到夜晚,人躺在地板上,一天没念真言,精神好得不得了,睡不着觉。思绪如麻,翻来覆去地想,越想越觉得哪里不对劲。我这人怎么了?两个月前,我不是一个已经快死了的人吗?现在怎么又能蹦,又能跳了?究竟怎么回事?你在生谁的气呢?就算你没练出神通,好歹你的病让人家给治好啦,而且又吃了人家那么多的药。还想怎么样?人家是欠你还是该你的?你这还算是人吗?越想越觉得自己不对。但跟别人道歉,这一辈子还真的很少,北方人的犟脾气,死不认错,老觉得低头认错是丢不起人的事。嗨,这可怎么办?明天把药还给人家?……左思右想,就想不出个能下台阶的法子。想着想着,迷迷糊糊地也就睡着了。

没想到第二天在放风场上看到阿沛时,我还忸怩不安地不知怎么开口,他却好像根本没有昨天那回事似的,跟我聊起来了。

"老戴,想不想看点奇怪的东西?"

"想啊!……"

"我告诉你,那些同仁堂的药可不是一般的药,它们都能吸收日月精华,在吸收了日月精华之后,会慢慢地变大……"

"变大？是什么意思?"

"就像树上的果子结果一样,慢慢长大。"

"真的? 为什么会这样?"

"因为那些药都是用虎皮胶炼制成丸的。只要用虎皮胶炼成的药丸,都会生长。"

"哇噻! 那只要有一颗,不就永远吃不完了?"

他笑笑,接着说:"可是吸收日月精华的时候不能碰到下雨,如果下雨一淋到水就完了。白天必须在大太阳底下,夜晚必须在月亮底下。而且必须放在陶瓷的盘子上面,或者碗里。"

"我们没有陶碗瓷碗,怎么办?"

"用纸盒子也可以,就是效果差一点。没关系。你回去找一个纸盒子,明天上午放风的时候就把药丸放在盒子里面拿出来晒,下午结束放风时再拿回房间。"

"多久能长大?"

"一个月后你就能看出来了。"

回到房间后我找了个纸盒,把阿沛给我的还没吃的药都放在纸盒子里面,看了一会儿,又每种拿出两颗,心想,一个月之后如果没有原来大小的药作比对,看不出来怎么办?

就这样,神通没练成的事就轻描淡写地带过去了,又开始了另外一个阶段的学习。

从第二天开始，每天上午放风时，我就把装着药的纸盒带出去，下午收风时再带回牢房。

阿沛还从图书馆借来了《大藏经》密宗部厚厚的一本，跟我说："那观音灵感真言不管用，我们学别的咒语。"

我望着他，没说话。说什么呢？学就学呗！反正身体好了就行。所以，"观音灵感真言"不念了，又学起了其他的咒语。忘了说，从一开始念"观音灵感真言"时，阿沛就送了我一串说是什么"星月菩提"的念珠。这次，他教了我好几个比较短的咒语。有的教我念一千遍，有的教我念八百遍，反正都有数，要我一一记下。

至于那些吸收日月精华的药丸，还真如阿沛所说，它们在变，除了一周周变大，药丸原来的颜色也在变。我还记得有种叫"牛黄珠圣丸"的药丸，原本是鹅黄色的，等吸收了日月精华之后，慢慢地颜色逐渐加深，到最后竟然变成了黑色的药丸，整个药丸也比刚拿出去晒时大了好几倍。

这段时期，我记得冲脉、带脉也打通了！

光阴似箭，日月如梭。转眼就是一年。从上一年(1983年)3月开始跟着阿沛念咒打坐，先是督脉任脉，接着冲脉带脉，到了9月3日国民党的军人节那一天晚上，别人在中庭聚餐，我呢，躺在自己的房间里打滚，疼了一晚上。没想到阴跷脉、阳跷脉、阴维脉、阳维脉打通的时候会这么疼！沿着经络图的路径，从左右手指头开始，绕着右左脚趾，在身上正好形成两个圈圈,在身体躯干部位交叉,就像在身上打了个大叉似的。我这人要面子,又不好意思大喊大叫,只能强忍着,在心里头喊爹喊娘,祈祷快点过去。

等到初通经脉时的疼痛终于过去了之后,很长很长的一段时间里,身体里面只感觉气的流速日渐增快,不见有别的动静了。

每天放风又跟着阿沛忙着捉蜻蜓,晒起苦瓜里面的红瓤来。我也早把别人的异样眼光置之度外,自顾自地跟着阿沛学修道。这段时间,他告诉了我很多很多有关中药的知识。只要听他一说,我就很认真地一一记下来,然后寄给监狱外面的弟弟,希望他也跟着学。

到了1985年三四月间,我们被送到楼上的一个无人区单独关着,一个人住一个房间。因为什么事,我忘了。虽然让放风,但我根本不想出去。搬到无人区不久,有一天吃中饭,只有我们两个,突然听到了猫叫的声音。阿沛很兴奋,循着声音找去,结果在我房间的地板下面找到了几只野猫。这几只猫为什么乖乖地听阿沛的话从地板底下跑出来,我当时没想过这问题。反正出来之后,发现是只大猫刚生下了三只小猫。我原本对这些小动物没什么兴趣。在绿岛的这几年,经常能看到外面的野猫来,野猫去。到了猫发情的时候,还经常被猫叫春的声音烦得牙痒痒的。这时看到阿沛对猫那么热情,便也跟着对这几只猫关注起来,跟着一起喂它们。

"老戴,从今天开始,这几只猫你帮忙养。"

"嘎?养猫?阿沛,没搞错吧?"

"就这么定了。买鱼养猫。"

"哇噻!我们现在是在坐牢,不是度假!我们花的钱都是家里寄来的,不是自己赚的。"

"天有好生之德,养猫对你练功有好处。养!"

我直视着他,盯着那双黑亮的眸子,那眼神分明没有转圜的余地,和当兵时部队里上级下达命令的表情一模一样。

"好,听你的,养!我知道我这辈子也不可能报答你。你说养,我养。今天就开始。不过,为什么一定要喂它们鱼?喂点别的,像剩菜剩饭还不行吗?"

"不行,只能喂鱼,不能喂别的。猫在出生之后如果只吃鱼不沾别的东西,就能打通经络,也能长生。"

"我的妈呀,吃什么鱼呢?"

"买海底鸡给它们吃。"

听他这么说,我差点晕倒。海底鸡?海底鸡是一种鲔鱼制成的罐头,我以前也吃过,记得并不便宜。买那种罐头给猫吃?我怀疑自己是不是听错了。如果没听错,那我们两个之中,很可能就是有人疯了。

无论如何,我记得当天就给小弟写了封信,说我想吃海底鸡罐头鱼,让他帮我买一些邮来。

猫是百般无奈下养着了。不久之后,在我苦苦相劝(应

178

该说相求比较合适)之下,阿沛同意了不养大猫,只养小猫。他又给三只猫分别取了三个不可思议的名字。一只叫"野牛",一只叫"野猪",还有一只呢,叫"大象"。我这辈子也没听过有人给猫取这么奇怪的名字。管他,他爱取什么就取什么吧!也不知道上辈子是谁欠谁的。经过将近两年时间的相处之后,我发现他这个人总是让人难以捉摸,老是会有些说不清、道不明的事情发生。

打个比方。有一次在放风场上,我们两个坐在阴凉地唠嗑,突然有个难友急急忙忙地跑到他跟前,请他帮忙把刚刚打球吃了"萝卜干"的一个指头治治(经过一段时间之后,有些人也风闻他会治病、接骨、推拿了)。他拿过那人的手,随便动了两下说:"好了。"那人一听,高高兴兴地又跑回篮球场……结果不一会儿,又跑了回来,对他说:"怎么还疼啊?"

"没事的,过一会儿就会好。你放心。"听他这么说,那个难友悻悻然走了。

我却忍不住回头问他:"阿沛,你为什么不帮他治好?"

我之所以这么问他,是因为知道他绝对有本事帮那个难友马上解决疼痛的。我生病多年,身体血脉皆虚,只要走道一崴了脚,踝骨处就能肿上个把月。这一年来我虽能打球了,但一不小心还是会崴到脚,只要跟阿沛一说,再经阿沛的手在我脚上摁几下,拽一下,立马就不疼也不肿了。所以我才奇怪地问他缘故。

"这个人心不好,让他疼两个月教训教训他。"

"真的?"

于是,从那天开始我就注意着日子,一天天,只看到那个难友一会儿找这个人治,一会儿找那个人治,总也治不好。终于,整整两个月到的那一天,他不喊疼了。

那一天,因为这事我还想着:"这写武侠小说的人还真不是胡编乱造呢! 有时间得再多读读。"

还记得一件事。有一天出去放风,也不知为何,那天一只蜻蜓也没看见。他看我一脸的沮丧,就说:"别着急,马上就到。"话说完不久,就见黑压压从云深不知何处的地方飞来了一大群蜻蜓!

再说一事。我们两个人刚搬到无人区不久,有一天,他知道我身边的药又快吃完了,就说了一句:"没关系,马上来个乾坤大挪移,从北京同仁堂的仓库里面先调一些过来吃。"然后,拿个空碗往地板上一扣,闭上眼,嘴里念念有词,过了一会儿,再一掀开碗,居然就看到了一堆药。

相处了快两年,这种奇奇怪怪让人摸不着头脑的事,说出现就出现,在出现之前还毫无征兆。

所以,今天他忽然非让我养猫,谁知道到底是为了什么。在动物身上让我做实验?像去年拿药到放风场吸收日月精华一样? 实验什么呢? 脊椎动物都能靠饮食打通经络长生?

让弟弟帮忙买的鱼罐头很快就寄来了。打开罐头之后,阿沛先叫我把浸泡罐头的色拉油喝掉,我早已经习惯了这种让别人听了咋舌的吩咐,很听话地把罐头里面的油倒到嘴里喝了(每喝一次,不久之后就会拉一次肚子)。然后阿沛才叫我拿鱼肉去喂小猫。唉! 说真的,从小到大,像这种女人们才干的活,我还从来没干过。让一个堂堂六尺之躯拿鱼喂猫? 传了出去必定又是个笑话。有什么法子? 这不叫还债嘛。

不过也奇怪,自从趴在地上撅着腚拿着鱼肉把小猫从地板下面引出来养了几天,我竟然喜欢上了这几只小猫。叫谁,谁应。跟我原先想象的猫不同,它们居然听得懂自己的名字。看样子阿沛是看我每天光念咒打坐无聊,给我找几个解闷的宠物来了。就这样,小猫一天天长大。两个大男人和三只小猫在一起,从此过着幸福快乐的生活……

可惜好景不长,忘了隔了多久,反正小猫还没长成大猫的某一天,阿沛突然跟我说监狱要他换区,马上就得调房间。本来就只有两个人的区,他一走不就只剩下了我一个人和三只小猫? 一个人住在一个区里面倒无所谓,不过跟阿沛在一起毕竟还有个人说话,又能经常问他些药方,听他说些神话般的经历,如今他一走,不知什么时候才能相聚。只记得那天走之前,他盯着我,表情很慎重,说了一句没头没脑的话:"老戴,你听我说,你的阿赖耶识很快就要开了。记住,以后就全靠你自己了。"话毕,人即转身离去。

说的嘛呀？阿赖耶识，阿赖耶识是个什么意思？

三姐，今天，当然我已经明白了"阿赖耶识"的意思。不过那一年那一月的那些折磨人的日子里，我可是丈二金刚摸不着头脑，一点儿也弄不明白。在给小光的信上，我记得我还专门为这个问题问过他（他那时候很可能是在中国文化大学的佛教研究所）。可惜他的回信并没能帮助正处在"脑火"状态中的我。

（附注："阿赖耶识"是梵语 aalaya-vij 之音译，意译为"藏识"。为佛教大乘《唯识论》认为潜藏于人体的，总摄眼、耳、鼻、舌、身、意、末那[又叫：意]七识的第八识，又名"阿赖耶识"[又叫：心]，是根本识，即生命的本源。又因其能含藏生长万法之种子，故亦称"种子识"，并具有能藏所"执"之意。当"阿赖耶识"摆脱了人、法二我执等烦恼的枝末无明，就脱离一切虚妄而证得真如[法界相性真实如此之本来面目]的不生不灭、不增不减、不垢不净、无性无相的法性真实境界。）

具体经过了几天才渡过了"脑火"，我真记不清了。不是半个月，就是一个月。"阿赖耶识"在我脑中作怪的日子里，我还有印象的，就是监狱当局突然下令禁止我养猫，要我把猫交出去。我还记得自己很生气地跟他们说："这几只猫不是我从外面带进来的，是在你们牢里原就有的自生自灭的野猫，我只是看它们可怜，每天给它们一点吃的而已。你们如果不喜欢，就自己派人去抓，我可没有义务帮你们抓它们！"

很可笑,我记得监狱当局还真的大动干戈地倾巢而出,就为了抓这三只小猫。结果呢?所有的野猫都让这群无聊的士兵抓到,或乱棍打死,或扔到海里淹死了,唯有这三只小猫,他们想尽了法子,最终也没逮着它们。筋疲力尽之后,这群不会打仗只会抓猫的国民党士兵,也不得不向我养的三只小猫举起了白旗,投降了。事情详细的经过,如果当年的绿岛国防监狱留有记录的话,一定会比我个人片断的回忆精彩得多。

我还记得,当时已经处在"脑火"状态的我,尝到了胜利的滋味后,很可能比疯狂的欧阳锋还疯了起来。我忘情地把三只猫从二楼的窗户扔了出去。扔出去之后,等我发现这些被神明"庇护"的猫居然摔死了一只,我才惊醒过来。

三只猫中被我扔出去摔死的是"野猪"。"野牛"和"大象"则被我疯狂的举动吓跑了。我喊它们,叫它们,可它们再也没回来。我绝望了,绝望得想死。然后,在一个可以关十个人的大房间,从角落急速地往前跑,一纵身跳起来,用头撞上钢筋水泥浇筑的墙,人却弹了回来,摔倒在地上。摸摸头,连个包都没有。气得我躺在地上双手一摊,等死吧,什么也不想。世界复归宁静。"脑火"就这样逐渐消失了。

三姐,我今天还能这么心平气和地回忆这些事,在我自己看来,都是奇迹。

暂时写到这里吧,以后的事我真不好下笔了!

第十八章　冲突根源

重复看了几遍大弟回答中描述的情况，终于可以理出一些头绪了！

即便我的知识有限，但只要看过几部谍战片，读过几本侦探小说，都知道情治机构拥有各种各样的监控设备：将针孔摄像头放在天花板、灯泡或是笔里，再将绿豆粒大小的耳塞放进耳朵里，这些监控设备都不易被发现（军法处公开的解密档案已提到押房里装有闭路电视，24小时监视）。狱方可从监控摄像头看到大弟写的字或指的字，经无线远程传音入耳。

怪不得吕耿沛说："你手写或用手一指到那个字的时候，我师父就在我耳边告诉我了。"

相信对这方面的科技有所了解和研究的人，定会比我解析得更全面更透彻。然而，在戒严时期的台湾，有关这类知识都是被封锁的，并不为人所知。何况，向来一根筋到底的大弟，更不会怀疑其中暗藏的玄机。

此外，大弟和家人的来往信件都会经狱方检查，狱方只要将需要的内容告诉吕耿沛，他对大弟的情况当然可以了如指掌，根本不是他具有知心的能力。

由此，可以理解为什么在牢里"神通广大"、"医术高明"的吕耿沛，在 1987 年 7 月 14 日提前假释后，会连续冒充中医师非法行医，制造伪药，高价贩卖，诈骗多人。他因此受到举报，结果以违反药事法的罪名在 1993 年 6 月 25 日被判刑。2001 年 10 月 5 日发生在台北的"袋尸命案"中，吕耿沛将一卖猪肉的永和男子许华复杀死（原先他矢口否认涉案，不过案发之前，闭路电视拍到他和另一人从车上搀扶死者下车，进入民生东路五段的一栋公寓大厦里，后来死者被人发现头套内衣内裤，被装在塑胶袋里丢弃在五楼。同时，捆绑死者的塑料袋里也发现了他的指纹），被控以谋杀罪判处死刑。当时，他还不到五十一岁。

那么，像他这样一个卖假药图谋暴利的诈骗犯，怎么可能大发慈悲，长期免费提供昂贵的药物给非亲非故的大弟？像他这样一个没有取得合法医师资格的冒牌老千，为何还能对症下药，将已濒临死亡边缘的大弟治好？像他这样一个连自己大祸临头都算不到的"神仙"，为何又有预知的能力？

种种迹象表明，他不是国民党派来害大弟的内奸，而是国民党安排在大弟身边的一个傀儡，目的是借助他来为大弟治病的。只是大家从未往这方面去推论。

这下，又怪了！华光的病既然是国民党的监狱官摧残出来的，为什么又要医治他呢？

这也不难理解。因为当时台湾反对派及民间势力崛起，加上

185

"戴华光案"造成的轰动效应，如果像他这样一个原本身体硬朗的热血青年，被关在牢里不到五年，突然死了，必定引来极大关注。国民党必须顾及可能引发的后果，此外也得顾及国际舆论，以免因而损害到已经日渐衰败的形象和声誉。

问题出在，大弟当时完全拒绝让国民党的医生医治，而靠自力救济直至无效，并发出了绝命书。

就在这危急时刻，吕耿沛适时出现。因为他经常走私中药，故对中药有所认识，能说得有模有样；因为他是乩童，故擅长装神弄鬼，易让大弟信服；因为他素行不良，故愿配合狱方，从中得到狱方给予的好处和方便。

所以，他才会懂得治病，愿免费提供药物，能在牢里来去自如，会通灵神算。其实，说穿了，这全都是狱方的安排。同时，背后还有位真正医术高明的医生在为大弟配药（有些可能是西药，吕胡编瞎说，所以，大弟在1988年到北京同仁堂才问不到），或让吕耿沛告诉大弟让家人帮忙买所需药物，以利医治。

如真是如此，大弟真正的救命恩人反而是国民党，就如同当初没被判死刑，多亏美国舆论声援一样，这还真讽刺！不过，就算真是他们救了大弟，也不值得当事人感激。

大弟在牢里苦练气功自救时，不是经由正规师父指导，因而极易走火入魔。大弟的"脑火"在狱中发生过一次，在完全失控的状态下，不仅将一只猫摔死，自己还撞墙寻死。出狱后也发生过几次，发作起来蛮吓人的。好在，一次一次发过后，"脑火"出现的间隔会越来越久，发作的时间也越来越短。直到现在，他一直打坐修炼，将"脑火"慢慢克服下去，希望永远不会再来。

至于那由虎皮胶炼成，在吸收日月精华后会慢慢长大的药丸，我特地去问了许多中药店，都说，只有用驴皮（或牛皮）炼的阿胶，虎皮却没听过（可能太奢侈了），但有虎皮草，是一种多年生的草本植物。

我想这会长大的药丸，可能根本不是虎皮胶，而是吕耿沛拿什么东西忽悠大弟。即便真会长大，也应是热涨冷缩的原理。反正，这些全是我凭有限的知识作出的推理，也许并不太准确，也可能会让大弟不悦，但我相信会有高手解析出更合逻辑的说法。

相信随着科技讯息的普及，阅读范围的扩大，大弟可能也早已洞悉，所以才说：发现自己原来只是一根针，是被拿着的针，并避免成为另一根针。

为了母亲，也为了自己，大弟出狱后就决定远离政治。

大弟在死亡边缘挣扎自救时，唯一能带给他力量和信念的就是宗教。因为不知道自己是个穆斯林，只有研读背诵佛经。这不仅助他心情平静，对俗世看淡，也让他虚弱的身体恢复健康，平安渡过厄难，更因而觉察到中医中药的博大精深。

有时，我不禁会深思，由于历史的特定因素，让我们有机会可以接触到不同的宗教。

原本我的先祖礼佛，后成为穆斯林；到了台湾，母亲进了基督教会，助她渡过最艰难的时刻；大弟在牢里病危，诵读佛经让他死里逃生,并改变了人生态度;母亲回到家乡,经过穆斯林为她做的殡礼,使她的灵魂得到安息。正因这些特殊的经历,我们才能心无挂碍地阅读佛经、《圣经》和《古兰经》,因而让我们在精神上受到这些宗教的洗礼,这是多么神奇的际遇!

据估计,全世界有宗教信仰的人超过二十五亿,占总人口的五分之三以上。照说,与这么多有着不同宗教信仰的人共同生活在这个地球上,无论自己是否信教,或者是否与他人信同样的宗教,都应具备对不同信仰者的了解甚至理解。这样不仅可以避免因无知及浅薄而妄加褒贬,也不至于因偏见及歧视而造成伤害及仇恨。

尤其美国"9·11事件"及法国"查理周刊事件"爆发后,如能严峻地反思,更会让我们清楚地了解到:隔绝与报复无法解决冲突的根源,反会助长更多的仇恨与攻击。

其实,远自中世纪,由于宗教战争,大部分西方人就对伊斯兰教充满敌意。遗憾的是,西方媒体又掌握了绝大多数媒体的话语权,即便也有许多西方学者不断努力为阿拉伯人和穆斯林世界拼凑出较为客观的图像,甚至还致力于伊斯兰文化的推广,然而西方世界对伊斯兰教的古老印象却仍然牢不可破,脑海中已然有根深蒂固的成见。

我曾看过一篇文章,大意如此:

我是一个穆斯林。

杀了我们的人,叫做"附带伤亡"。

监禁了我,称为"保安措施"。

把我们的人民全体流放,称为:新中东计划。

掠夺我的资源,侵入我的国土,换掉我们的领导人,称为:民主。

修女可以把自己从头到脚包裹起来,是为了献身上帝;但是,如果一个穆斯林家庭的女孩也这样做,为什么就会被压制?

任何一个女孩都有权利和自由佩戴她们乐意的饰品进入大学校园,但是,当一个穆斯林女孩/女士佩戴头巾时,她们却被拒绝进入大学校园!

一个人开着名车横冲直撞,没有人会说车的不对,但是,如果一个穆斯林犯了错,人们会说:"问题就在伊斯兰!"

如果一个犹太人杀了人,没有人会提及他的宗教信仰,但是一个穆斯林犯了罪时,受审判的却是伊斯兰!

任何国家遇到不公平不正义的对待时,可以向联合国寻求公正,然而,如果是伊斯兰国家,只要被质疑有致命的生化武器,就可以在毫无证据的情况下强行侵略,以致孩子被杀害,母亲被强暴,家园被摧毁,清真寺被侵犯。就算最后一无所获,却没有任何国家为它伸张正义,就因为它是"穆斯林"!

于是,当我们只有靠自己微薄的力量,起来保护抗争时,却得到一个尊号:恐怖分子!

看了这篇文章中的控诉，我的内心受到极大的触动和震撼。因为过去，自己对伊斯兰，也抱持着多多少少的偏见。然而，当我亲历过穆斯林的葬礼后，想法慢慢改变，反而更加迫切地想要了解伊斯兰。

另外我还看过一首英文诗 *What Do You Really Want from Us*（《你们究竟要我们怎样生存》），这首诗表达了许多美籍华人长期以来内心的压抑和愤慨，竟然和《我是一个穆斯林》如此类似：

当我们是东亚病夫时，我们被说成是黄祸；

当我们被预言将成为超级大国时，又被称为主要威胁。

当我们闭关自守时，你们走私鸦片强开门户；

当我们拥抱自由贸易时，却被责骂抢走了你们的饭碗。

当我们风雨飘摇时，你们铁蹄入侵要求机会均等；

当我们整合破碎山河时，你们却叫嚣"给西藏自由"。

当我们推行马列救国时，你们痛恨我们信仰共产主义；

当我们实行市场经济时，你们又憎恨我们成了资本家。

当我们的人口到达十亿时，你们说我们摧毁地球；

当我们要限制人口增长时，你们又说我们践踏人权。

当我们一贫如洗时，你们视我们低贱如狗；

当我们借钱给你们时，你们又埋怨令你们国债累累。

当我们发展工业时，你们说我们是污染者；

当我们把产品卖给你们时，你们说我们是污染源。

当我们购买石油，你们说我们榨取兼灭族；

当你们为石油开战时，却说自己解救生灵。

当我们动乱无序时，你们说我们没有法治；

当我们要依法平暴时，你又说我们违反人权。

当我们保持沉默时，你们说我们欠缺言论自由；

当我们敢于发声时，又被说成是洗过脑的暴民。

我们不禁要问："为什么你们这样憎恨我们？"

"不，"你们说，"我们不恨你们。"

我们也不恨你们。只是，你们了解我们吗？

"当然了解。"你们说，"我们有法新社、美国有线新闻网，
还有英国广播公司……"

你们究竟要我们怎样生存？

回答前，请用心想一想，只是因为你们有太多的机会。

够了，够了！这个世界已经容不下更多的伪善了。

我们要的是同一个世界，同一个梦想，靖世太平。

这个辽阔宽广的蓝地球，容得下你们，也容得下我们。

其实，人与人之间，都需要接触才能了解，了解后就易理解，
理解了就不会产生误解。宗教也是如此。

尤其，我是生活在马来西亚这样一个多元种族、多元文化及
多元宗教并存的地方。

在我长期从事文化工作的过程中，也常感觉到各民族间对彼

191

此所信仰的宗教缺乏基本的、常识性的了解。因此，在我们的实际生活中，往往容易发生误会，甚至引发冲突。如再加上极端分子及不肖政客的煽动，使得本已薄弱的种族关系变得更加对立，一个不小心，就极易转成危机。

因此之故，我对身为穆斯林的三宝太监郑和产生了兴趣。

他到底具备了哪些特殊的条件，能在航海期间，让上万个有着不同宗教信仰的船员和官兵，在那么有限的空间里和谐相处，使他七次下西洋都能圆满出色地完成使命？

于是，我翻阅了许多文献，研究郑和的事迹，从中找出了答案：除了他本身所具备的多方面才能和知识（诸如军事、外交、贸易、组织才能与航海、宗教知识），以及强壮的体魄、为国效力的献身精神、与世界各国友好交往的和平精神，最重要的是博大、精深、宽容和开放的思想观念。

郑和虽是一位伊斯兰教徒，可是他却突破了宗教狭隘的观念束缚，在信仰伊斯兰为主的前提下，兼顾尊儒、奉佛、崇道、供妈祖（天妃）。

由于当时科技不发达，跟随郑和远航的广大船员和官兵都有祈求海神天妃保佑平安的传统。郑和为了稳定大家的出海情绪，尊重他们的传统信仰和习俗，先后在许多城市修建天妃庙，塑天妃神像，让船员得到精神寄托和思想安慰。

像郑和这种思想境界，是一般宗教信徒所不可比拟的，由此令他升华到了一个更为广阔的领域，走向更为广阔的空间，从而具备了一个伟大政治外交家的宏大气魄，完成了对外亲善友好以及商贸、文化交流的伟大使命。

如今世界各地，到处乱象丛生，冲突不断，郑和的这种精神，实在值得我们去学习和深思。

虽然在我和家人的生命历程中，遭受了许多磨难，我仍然觉得很幸运。因为，只要我们虔诚祈祷，心怀善念，多做善事，无论是伊斯兰教、基督教还是佛教的神明，都没有舍弃我们，都给予我们庇护和力量。

这不得不令我相信，世上是有一个独一无二的神，只是人们以不同的形式和称呼来敬颂祂、膜拜祂。

所以，无论自己最终情归何处，对于基督教、伊斯兰教或是佛教，我都心存敬畏，并满怀感激。

第十九章　祸不单行

　　2000 年的大年初一，外面锣鼓喧天，我却一个人窝在沙发里看电视剧《大宅门》。这是一部几年前就轰动一时的片子，一直深深吸引着我。但这阵子因母亲病重，另外也忙着汇编《当代马华文存》，根本抽不出时间看。

　　等我终于忙完母亲回乡安葬的事，整个人像泄了气似的，特别没精神。家家户户正忙着庆祝过年，我却一直提不起劲。因为缺少了母亲的新年，完全没有了过年的感觉，再加上孩子都在国外学习，霎时间，不知如何是好，只有看电视剧打发时间。

　　三天三夜过去了，白家大院终于关上了那扇厚重的红漆木门。一下子看完了四十集，心里有种突然被掏空的感觉。

　　关上电视机，屋子里突然变得冷冷清清的。我一个人孤独地站在偌大房子的中间，显得那么无助和不知所措。

　　突然，一阵清脆的电话铃声响起，将我从茫然无序中唤回。

　　"谁会在这个时候打电话给我？"带着疑惑，我拿起听筒。

　　没想到电话那头传来的竟是父亲的声音。

　　"华儿，我现在在海南的三亚。这里风景很美，空气又好，天一冷,我就到这里住,有空你也来玩玩。还有,前几天给你妈打电话,一直没人接,家里一切都好吗?"

突然接到久无音讯的父亲打来的电话,我竟激动得差点哭出来。

"爸,妈妈去世了,就在半年前。我们一直在找你,都找不到。不过现在一切都处理好了,也按照母亲生前的愿望,把她带回家乡安葬。只可惜母亲去世前您不在她身边,我想母亲一定觉得很遗憾。"我呜咽着说。

电话那头,父亲沉默着。过了很久,父亲苍老的声音终于飘进我的耳朵:"也好,叶落归根,总算实现了她几十年的心愿。这些年她总念叨着家乡的父母,现在也算是得偿所愿了!"

父亲虽然没有说什么伤感的话,但我从那瞬间喑哑颓丧的声音中,明显感受到了千里之外父亲的悲伤。

"爸,您在那儿可好? 有人照顾您吗?"我不放心地问。

"别担心,我的身体好着呢! 还有小红陪着我,照顾我。"

"小红?"我有些不解。

"她是家乡一位穷亲戚的孩子,才十六岁,初中毕业就不想读书了,一直在家闲着。她的父母知道我来三亚,特别拜托我带着她,让我教教她,顺便还可以照顾我,让她赚点零花钱。"

"噢! 那我就放心了! 爸,过几天我去看您!"

"太好了! 我让小红将她那间房让出来,收拾干净,你来的几天,就让她暂时睡在客厅的长沙发上。"

三天后,我自吉隆坡搭机经广州去三亚探望父亲。

三亚位于海南岛的最南端,有着非常美丽的海滨风光,空气的质量也很好,是非常宜居的城市,想必在这里生活,人也会长寿一些,怪不得父亲会在这里买房避冬。毕竟,父亲在台湾待了快四十年,现在已经不太能适应北方寒冷的气候了!

我从机场搭计程车来到父亲下榻的地方。为我开门的就是那个十六岁的女孩。

父亲见到我,开心得不得了,赶紧招呼我坐下。我环顾四周,这是一个两房一厅的公寓,客厅阳台正对着三亚湾。我想父亲整天能看着海,想必人的心情也会特别舒畅。但屋子里收拾得实在不干净,东西摆放得也有些凌乱。我走进厨房,打开冰箱,看到放在里面的两盘剩菜都发霉了! 我不禁皱起眉。虽说小红是来照顾父亲的,可实际上,一个十六岁的乡下孩子哪会做家务活啊! 还好,这孩子嘴特甜,"爷爷! 爷爷!"老叫着。父亲也像对自己的亲孙女一样疼她。我心想,活不会做,我可以教,只要她能哄着父亲开心就行。

晚饭后,我和父亲沿着小区外面的三亚湾路的人行道散步。路旁的草坪沿着海岸线绵延数十里。一路上见到许多大妈和少数大叔,在海岸公路旁的空地上,随着自带的音乐箱跳着广场舞,好不热闹。

我和父亲有一搭没一搭地聊着。实际上从小我就很少有机会和父亲聊天,结婚远嫁后,机会就更加少了。即便回娘家探亲,大家也只是一起吃饭热闹下,很少有机会深谈。

没想到我在三亚停留的五天,居然和父亲有了许多深谈的机会。我俩经常在黄昏的时候,坐在客厅外阳台的藤椅上,看着远处的夕阳映在海面上,我静静听着父亲聊着他过往的岁月,聊着他在台湾解严后回到家乡,因父母过世而不能尽孝的遗憾,聊着他看到居然还在世的二哥和五弟时那种不可言喻的激动和快乐!

1947年6月15日,在青县、沧县和永清县解放前,父亲就离开家乡,随着国民党自济南、徐州一路辗转到镇江,再也没回过家,和家乡的亲人完全断了联系。解放后,总以为他们家是地主,又因为自己而成了"国特家庭",家中亲人定是凶多吉少。没想到四十年后回到家乡,虽然父母已经过世,但还能见到两位亲兄弟和许多亲人,知道他们曾经历三年自然灾害,吃了许多苦。"文化大革命"时,因为家乡亲人一向乐善好施,总算没遭到批斗,但也受了不少罪。

父亲有愧于自己没能在家乡和父母兄弟姐妹一起分担这些苦难,所以回到家乡后总想着要作些补偿,就将自己省吃俭用存下来的钱拿出来帮助亲戚,捐助戴庄子小学,修建清真寺。似乎觉得唯有如此,才能弥补他对家乡亲人的亏欠。

父亲也谈到大弟被捕后的心情。他说:"跟着国民党在'国防部总政治作战部'工作这么多年,有时也听说过许多灿若春花的生命,在转瞬间就烟消云散,也听说过许多冤假错案,可是当冤假错案真正降临在自己的身边,发生在自己儿子身上的时候,却是一点办法都没有。那些天发生的每一件事,那些年经历的每一个过程,都是那么逼真那么鲜明地印在我的记忆里,连一个细节也不会忘记。"

父亲的声音渐渐变得伤感:"那个夜晚,华光没回来的那晚,和之后始终联系不上的几天,我看着你母亲不是哭就是祷告,几天不能睡。我虽到处打听,但谁也不敢细问,可我心里已有预感,一定发生了严重的事。华光被判无期徒刑后,虽然我知道没什么用,可是只要有一丝希望,我还是要上书请愿。"

父亲长叹了一口气,接着说:"这些事都过去好多年了,从来没有这样详细地记述过它们。今天不知怎么的,全都涌上来了。想必你也跟着受了不少苦吧?"

我静默了一会儿,才说:"爸!小时候您经常教诲我们,要能将羞辱转成荣誉,在万变中把握住该变的。那时我并不理解,若不是发生这场变故,我可能永远没有办法成长。所以,大弟的牢狱之灾给我的不仅是悲伤,也令我清醒,得到顿悟,使我一下子超越了年龄,甚至慢慢地超越了痛苦,让我得到一种生命层次的飞跃。因而在我往后的岁月里,遇到任何挫折和人事的纷扰,我更能忍受,更加豁达,能够淡定而勇敢地面对一切。"

父亲看着我点了点头,说:"你来之前,我和春波通过电话,他直夸你能干孝顺,说我好福气。他还说,1991 年年底,二大伯在北京'无常',都没能回乡安葬,而远在台湾过世的四娘,华儿竟能把她带回家乡安葬,太不容易了!"

第一次听到父亲夸我,虽是绕着弯说的,但也让我欣喜,一时间,竟不知如何言语。

　　五天很快过去。小红还算聪明乖巧,学东西很快上手,我也稍觉放心。想到过完年还得继续汇编《当代马华文存》,即使再依依不舍,也得告辞离去。这套文存精选了政治、经济、文化、教育、社会五大领域的三百位评论作者自 1980 年 1 月 1 日至 1999 年 12 月 31 日以华文发表在马来西亚地区的评论佳作,共有十册。回到吉隆坡,立即投入忙碌的工作中,费时三年半的《当代马华文存》总算出版,并在 2001 年 9 月 30 日举行了盛大的推介礼。

　　推介礼举行过后,我立刻赶到医院,探望作协主席云里风。由于他曾替一位乡亲做担保,受到拖累,乡亲逃到国外,银行转而向他追讨欠款,因无法承担,只能宣告破产。接着,儿子在新加坡因病亡故。在双重打击下,他的身体每况愈下。这几年,经常进出医院。

　　进入他住的病房,只见他的夫人也陪伴在旁。由于那年(2002 年)6 月作协将面临改选,他躺在病床上,对我说,希望我能接任作协会长一职。因为 1996 年他担任会长后启动的《马华文学大系》的编选工程,时至如今已有六年,但只完成了五卷,当初筹获的出版经费,也因时间的拖延而宣告用罄。他说:"你刚完成十册《当代马华文存》,在这方面有经验和魄力,又有筹款的能力,为了文学大系的顺利出版,你一定要答应接任作协会长一职。你现在是副会长,接任会长,也是顺理成章的事,相信经由我的推荐，大家会同意的。"

看到云里风在病榻上还在关心作协的事，心里着实感动。这些年来，他为推广马华文学出钱出力，为作协会务任劳任怨，我对他非常敬重。1996年，之所以答应和他联袂竞选作协领导层，也是被他的诚意邀请所感召。

可是，我也实在有些顾虑。

一是，自从1998年亚洲金融风暴后我临危受命出任马来西亚华人文化协会（简称文协）总会长，就立即开始了《当代马华文存》的编辑出版计划。虽然总字数五百万字的《当代马华文存》最终得以出版，但是编选过程却并不那么顺利。当时刚好碰上了马华公会（马来西亚华人最大政党）收购《南洋商报》的"五·二八事件"，是以造成几位评论人迁怒于七十年代马华公会创立的文协。就在出版前夕，来函要求抽掉他们的文稿。因事出突然，又已出版在即，这么一来，不仅耗时费力，还会影响整套书的完整性。

情急之下，我立刻联络了编委会成员之一陈宝武，请他协助，并致电给相关人士，说明《当代马华文存》的出版经费都是由我一手自筹，而非马华公会出资，而且我也不是马华党员。更何况文存的出版是为华社留下一套弥足珍贵的史料纪实和社会见证，所以不应该因为收购之事，而让自己在汇编中缺席，以致让自己曾发出的重要声音流失。听了我这一番说明，对方终于谅解，抽稿危机方得解决。

二是，当时正碰上母亲入院，我在吉隆坡和台北之间来回奔波,就像两头燃烧的蜡烛,无论是精力和体力都不胜负荷,眼睛也因耗损过多,曾出过两次血。虽看过专科,也没太在意,结果造成之后的视网膜剥离。这是后话,先略下不表。

这下,叫我再担负起类似的工程,而且又是半途接手,难度更大,我根本不敢答应,遂向他告辞。

他的夫人陪我走出病房,诚恳地跟我说:"请你一定要答应,帮他完成文学大系的出版,这是他最大的心愿。这几年,他遭受破产、丧子之痛,现已心力交瘁,我们都是女人,你一定会明白我身为一个妻子和母亲的痛苦。"

她的这句话,一下子就击中了我的内心深处。我当然明白,母亲因大弟的事所受的那种痛苦,虽然事隔已久,但仍历历在目。我不忍再拒绝,马上拉着她的手说:"放心,只要没人反对,我就答应,并一定在两年任期内完成文学大系。"

可是,要在两年的时间里完成这么浩大繁琐的工程,实在太紧张了!何况,这工程比汇编《当代马华文存》还困难。首先,必须重新筹募出版费用;其次,文学大系原本不是自己主导,所有框架已定,只能在原本的基础上作轻微的修正;最关键的是,所有的文稿都不在自己手中,想帮忙也使不上劲。

为了如期出版,我只好采取紧迫逼人的方式,虽然可能因而得罪人,但我也顾不了这么多了,只希望能在这短短的两年任期内完成任务。不然两年任期一到,万一经费又用完,如何跟赞助人交代啊!

因为在我之前，文协和作协两个团体的会长都没规定过任期，我一上任，就提议修改章程，并通过会员大会及社团注册部门批准，将文协总会长的任期改为只能连任两届，每届三年。作协会长任期从每届两年改为三年，只能担任一届。我认为，这样才有利于培养接班人。

当我完成作协在 2002 年 12 月 15 日主办的"文学之夜"，并顺利筹齐了《马华文学大系》另外五卷的编辑和出版费用之后，我总算可以暂时松下一口气了！

正想前往三亚探望父亲时，一场突如其来的疫情——SARS 非典型性肺炎爆发。2002 年 11 月至 2003 年 3 月，疫情主要发生在粤港两地，当时大家还没意识到 SARS 的严重性。直到 2003 年 3 月以后，疫情向全中国扩散，之后席卷了三十多个国家和地区，这时，整个中国乃至全世界才陷入极度恐慌的状态。

非典不仅导致中国经济的停滞，整个商业贸易的停顿，旅游业的萧条，台湾、香港、东南亚乃至整个亚洲、全世界都陷入恐慌当中。没人知道病源在哪里，也不知道如何消灭它。在这之前，美国又发动了伊拉克战争。全世界一下子陷入战争和疾病的双重劫难当中，未来会怎样，瞬间成了未知数。

非典的影响实在不可小觑。疫情越来越严重，平息之日看似遥遥无期。所有人都惶惶不可终日。

消息经过媒体报道，传得很快，一下子，全世界都人心惶惶，中国更是如此。全国药店里的口罩、消毒药水、板蓝根……被抢购一空。一时间，几乎所有跟预防、治疗非典有关的物品、药品都脱销了。情况变得非常紧急。

本想暂缓前往中国的行程，这时，突然接到大弟的来电："三姐，爸爸得了膀胱癌，医生说已到了中晚期。"

听到这个噩耗，有如晴天霹雳。哎呀！真是"祸不单行"。

"爸一向注意保养，又常锻炼身体，怎么会得癌症？而且，他不是住在三亚吗？"我焦急地问，一时间无法相信。

"他原本在三亚，就在半年前，他发现尿中有血，以为是热气，照顾他的小红买了些退火的草药煲水给他喝。就这样尿中带血，时有时无地拖了半年，最近实在痛得不行了，才打电话给我。我立刻接他回到沧州检查，才查出得了膀胱癌，而且已到中晚期。如果他早点告诉我们就好了！"

大弟喘了一口气，接着又说："据医生告知，膀胱癌如早期发现，治愈率很高，可是父亲什么事都怕麻烦我们，情愿自己忍着痛，不到不得已，他绝不会说的。"

大弟说得没错。其实，父亲那个时代的人几乎都是如此。他们在生命最黄金的几十年，遭到了各种天灾，参与了各种运动，经历了各种磨难，渡过了各种战乱，目睹了时代的巨变，忍受了离乡背井的痛苦。然而，种种打击都没能令他们消沉，将他们打倒，反而锻炼出他们坚毅的品质，成了最勤奋、最坚忍、最有奉献精神的一代。以至于癌魔缠身都能忍着，忍着忍着，就错过了救治的黄金时间。

另外，我也觉察到，自从父亲将全部的退役金赔光，还欠下债务，再加上大弟出事，他觉得自己虽写了两封请愿书，也没能替儿子减刑，母亲过世他又正巧不在身边……这一切的一切，慢慢将他原本意气风发、明快开朗的性格磨损掉了！

"医生建议开刀和化疗，但父亲说自己年纪大了，不愿意受那种罪，吩咐我安排他到石家庄一家肿瘤医院做中药介入疗法，据说可以阻止癌细胞扩散，也能减少病患的痛苦，甚至还有治愈的可能。"

大弟的话将我从刚才的思绪中拉了回来。

我将吉隆坡的事稍作安排，决定冒险搭机去北京，再搭车到石家庄看望父亲。

来到吉隆坡国际机场，发现过去一向拥挤的大厅，现在只有稀稀落落的数十人。机场在安检处设置了体温测试仪，大家都像迎接一场战争似的神色严峻，只要有一个人显示体温异常，就会引起长时间的骚动，直到他被排除染上疾病的可能。

飞机上乘客比机组人员都少，每个人都谨小慎微，戴着口罩，正襟危坐，轻易不跟别人说话。起飞前，空服员拿着体温测试仪，再为每位乘客测量体温，直至确定所有乘客安然无恙，才能起飞。

到了北京，空服员吩咐我们暂时不可以离机。这时，几位穿着严密，戴着防毒面具的消毒人员进入机舱内，有的拿着消毒筒向舱内喷洒消毒药水，有的拿着体温测试仪，检测每位乘客的体温。

原本只要几个小时的航程，现在却因为非典，折腾了一天。往常轻松的旅途现在也成了一种煎熬。我一路提心吊胆，生怕哪位乘客被怀疑感染了非典，我将在异乡被隔离，如果更不幸，被传染了……那后果简直不堪设想。

一路上，我都在默默祈祷。也不停安慰自己，"吉人自有天相"。还好，一切平安无事。

到了医院，见到躺在病榻上的父亲，简直不敢相信眼前那个瘦弱的老人竟是我的父亲！

在我们姐弟的印象中，父亲英俊帅气，神采飞扬，尤其当他穿上军装，更显得英姿焕发，让我们十分仰慕。即使他年纪大了，由于注意保养锻炼，身体仍很结实。就在年前，我到家乡为母亲上坟，在堂哥家见到父亲，不放心他经常一人在外，嘱咐他注意照顾身体。那时，他还中气十足地笑着说："别操心！我的身体硬朗得很，起码能活到一百岁。"

没想到，当初身体那么硬朗的他，竟一下子被病魔击倒了！这时，我的眼泪几乎要夺眶而出。我强忍住泪水，走到床边。父亲看到我来，非常高兴，握着我的手，用气若游丝的声音说："别难过，我的命硬得很，没那么快走的。"

"是的！是的！您一定会好的！"我拼命点头，哽咽地答着。

这时，我怕再也控制不住眼泪，赶紧告诉父亲，要去见主治医生。

主治医生叫我放心，他会全力医治父亲。一旁的护士还说：

"我们从没见过一个得了中晚期癌症的病人还这么乐观。有一次，他尿失禁，见到我还语带幽默地说：'护士，对不起，不知为何我居然控制不住，让自己成了喷泉了！'"

听他们这么说，我也稍微放心一些。回到病房，父亲拉着我的手吩咐道："华儿！我在台湾还有一笔存款，是这二十年和你大姐开瑜伽馆授徒赚的，我想先用这笔钱来治病。如果这些钱用完了我还活着，到时候才花你们的钱。如果还没用完我就走了，你就帮我把剩下的钱捐给戴庄子的学校，也算是我临走之前再为家乡做的一点贡献吧。只是现在我的身体状况不允许我再回台湾处理这些事务了。爸知道你一向能干，帮我想想看有什么办法。"

"爸，您先别操心这些事，先好好养病，医生说您会慢慢好起来的。至于这些事，我会请教朋友，您放心！"

在石家庄陪了父亲一星期，特意为他请了一个伴护，晚上可以加强看顾父亲。

沧州距离石家庄不远，因此大弟也经常过来看望父亲。此刻，大姐也已从台湾赶来陪伴，我也就放心暂别父亲。

返回吉隆坡的航程中，我又承受了和上次搭机时同样的煎熬，不同的是回国之后，按照当地规定，两个星期内都不能出门，直到确认没有被感染，才能自由行动。

现在，报纸上每天都大篇幅地报道非典疫情的发展，哪个国家哪个地方死了多少人，看得人触目惊心！

由于非典肆虐，许多行业都受到影响，尤以餐饮、酒店、娱乐、民航、旅游、零售、客运、美容美发、出租汽车等最为严重。

　　然而万万没想到，刚过 7 月，肆虐了几个月的"非典"突然销声匿迹，整个世界重归平静。

第二十章　家事国事

2004 年是马中两国建交三十周年,两国的官方和民间将会举办许多庆祝活动。由我领导的文协和作协也将主办或配合官方协办许多文化和文学活动,主要包括:

4 月 21 日—28 日:文协与国家文化宫及国家博物馆合办郑和下西洋六百周年纪念展。

4 月 22 日—28 日:文协受国家文化艺术及文物部邀请,联合国家文化宫策划主办《汉丽宝》歌舞剧演出。这是一个关于明朝汉丽宝公主与马六甲苏丹联姻的故事,首次以华巫双语的形式呈现在国家剧院。以强调中马两国和华巫两族的友好和团结。

5 月 21 日—22 日:文协受中国驻马大使馆委托,承办由莫言(2012 年诺贝尔文学奖得主)编剧的《霸王别姬》舞台剧的演出,作为中马建交三十周年的贺礼。

5 月 23 日:文协、作协和《南洋商报》主办"莫言讲座会"。

5 月 23 日:作协主办"《马华文学大系》推介礼"。这套大系跨越三十二年(1965 年至 1996 年),收集了马华作家在小说、诗歌、散文、戏剧、文学评论及文学史料领域的佳作,费时八年才编辑完成。与此同时,举行"王蒙文学讲座会"。

5 月 24 日:文协和作协参与协办由国家语文出版局和马中友好协会主办的"马中友好之夜"——马中建交三十周年庆祝晚宴。

5 月 28 日:文协和作协参与协办由国家语文出版局联合北京外国语大学在中国北京主办的"马中友好三十年论坛"。

9 月 21 日—24 日:率领马华作家代表团,出席于山东威海市举行的世界华文文学研讨会,并与山东大学、中国世界华文文学学会联合举办"第二届马华文学国际学术研讨会",作为纪念马中建交三十周年的部分活动。

12 月 22 日:作协联合马来西亚中华大会堂(华总)、中国社会科学院文学研究所及世界华文研究中心,联办"《马华文学国际研讨会论文集》推介礼",在北京的中国社科院举行。

除此之外,还有我受邀出席的一些国际性的文化和文学活动等。

因而整个 2004 年,我都在极度忙碌的工作中度过。我非常乐于有机会为马中两国的友谊效力。然而为了经常去探望父亲,于是那一年,竟和母亲住院时的情况一样,我又成了空中飞人。不同的是,这次是在吉隆坡、北京(有时经广州或上海)、石家庄之间来回奔波,忙得几乎喘不过气来。

还好,这些活动总算一个个顺利圆满地举行了。然而,就在我准备前往石家庄探望父亲时,不幸的事又发生了!

这天早晨,刚一睁眼,发觉左眼一片漆黑。我闭上眼再重新睁开,还是漆黑一片。我吓坏了!怎么左眼完全看不到了?难道瞎了?我马上拨电话给眼科医生挂急诊。医生仔细检查后,告知是视网膜脱离,必须马上动手术。医生为我做了局部麻醉,那时我很着急,心里一直不停祈祷千万不要有事,因为还有好多好多事等着我处理。

手术成功,医生吩咐我回家后,必须每天趴着,每一个小时可以换下姿势,休息十五分钟后再趴着,晚上睡觉也得侧向一边,不得转身。如此周而复始,六个星期后才去复诊。

至今想起那六个星期,真是难挨啊!每天像乌龟似的,将头伸出床沿趴着,闭着眼,什么事也不能做,什么书也不能看。就像在接受酷刑,真是度"时"如年啊!

但也正因为如此,强迫我从这十几年忙碌异常的生活节奏中摆脱出来,也给了我一个能够平静思考的机会……

我出生在台湾早期动荡的年代,亲身遭受到"白色恐怖"历史悲剧的贻害,也耳濡目染过马来西亚社会的风狂雨骤,以及亲历商场上的尔虞我诈。就是因为经历过这样的岁月才让我从混沌到成熟,从无知到开窍,也让我认识了世事的复杂、人心的险恶、命运的难测、生命的迷惑,因而逐渐塑造了现在的我。

当剧作《沙城》在报章刊登并在电视台播出后,我已成为马华文坛的一员,同时,也完成了美国的学业。接着,大弟特赦出狱,挑起奉养父母的重任。那时,身处马华文化和马华文学不被马来西亚政府纳为国家文化和国家文学的压抑环境中,看到许多坚持不懈的前辈们,让我也愿意伴随他们,在不断的挫折中奋力挣扎。

在这十多年当中,作为文化人,我感受到的是越来越多的痛苦。我们希望推动的活动,想要表达的诉求,被政府一次次地拒绝。这是多么残酷和令人沮丧的现实!

多少人就在这种政策里被消磨意志,习以为常;又有多少人继续忍受着不愿屈服的痛苦和不能改变的现实?

这样一个不公平且得不到重视的环境,有时让我越挫越勇,有时又令我意兴阑珊。

小时候直到现在,为了向父母证明女儿一样能出人头地,不断鞭策自己;投入文化工作时,由于追求完美,既给了自己压力,也让共事的伙伴忍受着自己的吹毛求疵。

虽然如此,每当事过境迁,那些没有什么利益来往的伙伴,却因为靠着共同的文化理念,仍能相互支撑着彼此的情感,继续坚持着。这些,都让我一直心怀感激。

仔细检讨,这十几年来,也许自己一直在埋头赶路,因而忽略了许多亲情友谊,引起一些误会;也许有着太多的不得已,却不愿与外人道;也许总是力不从心,因而对一些闲言碎语,根本不愿多作解释,对其听之任之。

尤其近几年,因为母亲过世,父亲又病重,自己更像过着一种分裂的人生:表面上,积极奋发,充满热情;内心里,却是抑郁消沉,惶恐不安。有时,真分不清哪个才是真实的自己。

总觉得自己就像一个人踩上了跑步机,拼命想往前行,结果仍是在原地踏步,甚至在疲劳之余还会慢慢往后退;又像一个不停转动着的陀螺,忙得根本无法停下来,刚想停下,人就倒下了!

　　而这次的视网膜剥离,是上天给我的一次严重警示:不能再任意挥霍自己的健康了!因为一个人的能力和精力有限,不可能兼顾这么多事,必须有所选择,否则,一旦失去健康,一切都将归于零。

　　我终于下定决心,以后要尽量减少工作和活动的时间,多留出时间陪伴父亲和家人。

　　总算挨过了六个星期。复诊后,医生嘱咐,虽然痊愈了,仍要非常小心,不可让眼睛太过疲劳,一有问题马上要来就诊。

　　这下,我一直悬着的心总算踏实了!隔天就搭机去北京,女儿也从加拿大过来与我会合,一起赶去石家庄探望父亲。

　　将近两个月没见,父亲又瘦了一圈,身子愈发虚弱。父亲看到我和他的外孙女都来了,非常高兴。女儿快步走到床前,紧紧搂着父亲叫着:"外公,我们来看您了!"父亲也紧紧搂着他的外孙女,怜惜地说:"哎哟!真是女大十八变,几年不见长高了,又漂亮了!"

　　我可以感觉到父亲溢于言表的喜悦。他看着女儿接着说:"你妈常在我面前夸你们,不仅学习成绩好,又孝顺懂事。看来,还是女儿好!"

　　听父亲这么说,像是心海里被掷进了一颗细石,霎时间,波动起来。

可能父亲已经意识到自己将不久于人世,就示意我到他身边,问我:"上次交代你的事问过了吗?"

"问过了!"我靠在父亲的床边说,"首先,您需要先授权一位指定人,并亲自在公证处公证后,您的授权人才能凭授权书,办理您在大陆和台湾的一切经济和法律事务。"

"既然如此,华儿,我的事就授权交给你办理了!因为爸知道你最能干,办事又牢靠。"

我没料到父亲会将自己最重要的事交托我去办,激动得眼泪又在眼眶里打转了。我强忍住泪,只是一味点头。

可是,父亲现在根本无法行动,怎么可能去办理公证呢?

这下,又是靠我曾做过的文化工作帮了我。

我想到住在石家庄的河北教育出版社的社长王亚民(现为故宫博物院副院长)和两位总编李自修及张福堂。1995 年因受他们所托主编"金蜘蛛丛书",和他们建立了深厚的友谊,于是立刻打电话向他们咨询。

张福堂立刻联系河北公证处后,还亲自陪同公证员到医院为父亲办了公证。之后,河北公证处将公证过的授权书寄到大陆的海协会,再由海协会寄到台湾的海基会。这个过程,需历时一个月。

第二十一章　梦回家园

在新的一年，为了让自己有多些时间陪伴父亲，也为了让协会的同仁有歇息的机会，我特意将步伐放慢。

父亲住院已经快两年了，可是他的病情丝毫没有起色，而且越来越恶化。医院的重症病房里几乎每天都在上演着一幕幕生离死别的场景，常常刺激着父亲。他原来乐观的情绪也在这样的环境中一天天消沉下去。

我实在害怕又一位生命中最重要的亲人将离我而去，我更不忍心父亲在这样的氛围中继续下去。我请主治医生坦诚告诉我，父亲到底还能挨多久。他说："短则一两个月，长则半年。"

知道父亲时日不多，我决定赶紧去台湾处理父亲交代的事情。

正好，2005 年 9 月 9 日至 12 日，由香港岭南大学、香港《明报月刊》、香港作家联会和香港中华文化艺术协会等团体主办的"世界华文旅游文学征文赛"，邀请我担任该项赛事的荣誉主任和颁奖嘉宾。

在香港参加完颁奖典礼之后，我就赶往台湾。

9 月 13 日一早,我到台湾银行,将父亲的存款换成美金,汇到他在大陆开设的银行账户里。

汇款的时候,我一直很难过。父亲这些年来过得非常节俭,而他省吃俭用存的钱,除了帮助亲戚,修清真寺,捐助学校,现在剩下的竟都要用来治病了!

我想到再过几天(9 月 18 日)就是中秋节,便立刻打长途电话给主治医生,再次确认父亲的病情,知道确是无望后,我请他批准父亲出院。他非常讶异,不解地问道:"为什么? 你父亲现在身子这么虚弱,最好不要出院。"

"既然我父亲的时日不多,我希望他能在生命最后的短短岁月里,在家中和亲人温馨地度过,而不是病死在冷冷的医院里。此外,万一他在石家庄病故,我担心很难将他的遗体运回家乡安葬。"

听了我的解释,主治医生同意了我的请求。接着,我立即打电话给大弟,赶紧为父亲办理出院手续,开车送他回沧州养病。

短短的两天内,我快速办理好父亲在台湾的所有事务,9 月 15 号又从台北搭机到香港,再转机到天津。自正侄开车从天津送我到沧州。

见到父亲,开口告诉他的第一件事就是:"爸! 您托付的事情我已经全办好了!"

父亲听了,高兴得直点头,嘴唇哆嗦了一阵,突然说:"华儿! 辛苦你了! 谢谢! 谢谢!"

父亲这么客气，让我听得非常不习惯，反而觉得难过。我原本要告退，让父亲早点休息，可是父亲一直紧握着我的手，不让我走，好像还有话要和我说。

我坐在床边，轻拍着父亲的手背，温柔地说："爸，别担心，生老病死都是我们会面对的事。穆斯林认为人活在世上是人生旅程的第一个阶段，死亡只是人生旅程的第二阶段，'复活'则是人生的第三阶段。爸，万一您先走了，等我，下辈子我还要做您和妈妈的孩子，而且一定会是个好孩子，绝对不会再冲撞您，和您对着干。"

父亲没有言语，但我感觉到他将我的手握得更紧了！我接着说："您放心好了，您的存款万一用完了，我们一定会照顾您的。万一您走了，我们也会按照您的意思，将剩下的钱捐给戴庄子小学。"

父亲非常高兴，说着："好……很好！"

我接着说："爸，还有件事我一直想问您……"

父亲示意我继续说下去。我深深吸了一口气，鼓足勇气问："在您百年之后，愿不愿意让妈妈回来和您合葬？"

没想到，父亲一下子抱住我，像个孩子似的哭了起来！霎时间，我吓坏了！因为长这么大，我还从没见过父亲哭。

父亲抽泣着说："你怎么这么孝顺啊！我当然愿意！其实我一直很欢喜你母亲，你妈这辈子跟着我东奔西跑的，从来没享过一天福，我欠她太多了！看来只有等来世和她相聚再补偿她了！"

这下子,我完全无法言语。

过去,我们姐弟总是觉得父亲对母亲太过冷漠,甚至觉得母亲根本不应该和父亲在一起。现在,从父亲满含悲伤的话语中,我明白了父亲和母亲之间另一种形式的爱。那种爱不是挂在嘴上,而是深藏在心里的,是他们两人才能领悟和感受的爱。即便现在父亲病危,连个"爱"字都不好意思说出口,只是用"欢喜"来表达对母亲的情意。

他们俩同甘共苦,走过了几十年的风风雨雨,经历过无数悲欢离合的人世沧桑,这种爱早已融为浓浓化不开的亲情,将两位老人紧紧联系在一起。所以,父亲在面临许多诱惑时,从未离弃母亲,紧守住他对这份爱的忠诚;母亲也才会甘愿这么一直无怨无悔地付出,为家庭、为丈夫、为孩子,直至终老。

我赶紧唤大姐、大弟和自正进来。当着大家的面,我将父亲的心意转述了一下,话还没说完,大姐一下子勃然大怒:"我绝对不允许你们这么做。妈妈曾说过她过世后要葬在自己父母的脚下,我们不能违反妈妈的意愿。"

我被大姐突兀的话激怒了,反驳说:"从来没有听说过这样的道理,母亲又不是被父亲休了!我们怎么可以拆散他们夫妻?何况,母亲根本没有留下任何遗言,生前她说的那些话,有时可能是触景伤情时说的,有时又可能是气话,做不了准。何况,这件事只有父亲能做主,谁也没权力干涉!"

大姐还是不依。这时大弟看不惯了,把发了疯似的大姐硬拖出房间。父亲听着我们的争吵，一点办法也没有，只是握着我的手一直颤抖着。

没多久，大姐又冲进来。这时，自正终于忍不住，开口说话了："大姑，你先别闹，好好听我说几句。"

大姐安静下来，自正心平气和地缓缓说道："一个女人如果不是被丈夫休了，是不能葬在自己娘家的，这样与礼法不合。而且，娘家的祖坟里也不会留位置给她。当初，你们将母亲带回娘家安葬，实际上是给两家出了很大的难题。你母亲的娘家是碍于你们为家乡做了很多贡献，才勉强答应，而你们父亲的家里虽没说什么，但也觉得非常难堪。"

自正顿了一下，大姐刚想开口，他接着又说："可惜，当时你们父亲不在，家里又没个长辈能做得了主，就只好依着你们的意思办了！那时，我就听到一些闲言碎语，客气的说咱们不懂，不客气的说咱们乱来。现在，既然你们的父亲开口要自己的妻子回来，这事，也只有他能做主，你们谁也没权力管。"说这些话时，自正的脸对着大姐，语气很笃定坚决。

"有一件事我藏在心里很久了，一直没说，现在我必须说出来了！"我也紧跟着说，"我现在慎重地宣誓，等下我说的话全是真的，没有掺一丝假。"

大家全朝向我，屏息静气听着。

"在葬完母亲的当晚，我就梦到母亲，一直在找回家的门。直到现在我都清清楚楚记得她说：'华儿，我怎么找不到回家的门

218

呢？每当想起她当时那种焦急、惶恐、惊悸又失望的表情，我的心就痛得不得了！如果妈妈当时真葬在她的父母脚下，我无话可说，但是，后来我问了老舅才知道，她是葬在一个绝户的坟里。我所以一直没说，就是怕大家难过，现在既然爸爸要妈妈回来和他合葬，这样母亲总算能找到家门了！"

听完我说的话，大家全都静默不语。过了好一会儿，大姐开口说："我相信小华说的话。我同意按照父亲的意愿，相信也是母亲的意思，等父亲'无常'那天，将母亲接过来和父亲合葬。"

这下，父亲总于松开了一直紧握着我的手，脸上露出了久已不见的笑容。

中秋节这天，父亲看到报纸上报道，戴庄子小学被狂风暴雨吹坏了十五间教室，学生没有地方学习，校长正呼吁各方给予协助。父亲很着急，我说会捐款五万，父亲说也将他的存款拿出来捐五万。我吩咐大弟赶紧联系校长。

当晚，我们姐弟和亲人聚在一起，陪父亲度过了他生命中最后一个中秋佳节。

第二天，我们将这笔捐款直接交给校长，并由《沧州日报》和《沧州晚报》的刘桂茂总编辑见证。

隔天，大弟将捐款的新闻拿给父亲看，父亲那一整天都很高兴，精神也特别好。没想到，当晚 11 点多，他就在睡眠中停止了呼吸。

相信父亲已心无挂碍，放心地走了！

那晚,我们彻夜不眠,和亲人商量父亲的葬礼以及母亲迁坟的事。

费了一天的工夫,安排好所有的事情。

9月23号那天,一些亲人到母亲的坟地起坟,一些亲人在清真寺的院子里安排"哲那则"的仪式。没想到,已经过了六年多的时间,母亲的遗体依然完好无损。亲人将母亲的遗体抬出来放进"匣子"里,抬到清真寺前的院子里,和装着父亲遗体的"匣子"并列着。

阿訇为他俩念经祈福,并举行"传经"仪式。院子里挤满了族人和戴庄子小学的所有师生。

起灵时,几百人的庞大送葬队伍护送着两位老人的遗体来到戴家的祖坟。就在爷爷和奶奶的脚下,已经挖好了两个大坑。大弟跳下去试好坑后,族人从"经匣"里抬出了父亲和母亲的遗体,将他们紧邻合葬。

当父亲和母亲的遗体放进墓穴的时候,我的鼻子一酸,眼泪大颗大颗地滴落下来。大姐看了,也哭着跟我喃喃说道:"这样是对的,是对的!"

自母亲1999年8月2日过世,到2005年9月23日,终于回到自己的家,和父亲和亲人团圆在一起。事情能够有这样完美的结局,我悬着的心也总算放下了!

这时,我在心里默默地跟母亲说:"妈妈,不用再害怕了!您终于回到家了!"

附录一:狱中家书

妈:

　　……我知道我错了,以后绝不会让您再难过的。我一定听您的话,好好和大家相处。我虽然不常读《圣经》,但每天总要读一点《易经》、《诗经》或四书五经。我发现我们中国人自己的经书更丰富、更有道理,念起来也比较顺口。您现在不是在自立新村布道所当执事吗?以后聚会您可以要一位弟兄或姐妹念一段《诗经》大家听,这样在崇拜完耶和华之后,再回忆自己的祖先,不也是很好吗?……

您最不孝的孩子　来福敬上

1980/3/9

小光:

　　……这三十年来,在台湾的中国青年读的书各门各派实在杂了,弄得彼此说话没有共同的语言;幸而最近看到此风已稍遏止,并开始朝自己家门转向。但愿不久的将来,大家均能共聚一堂,论古道今,不再有同胞相会,竟成了联合国开会自说自唱的怪现象了……

哥哥
1980/8/16

小光：

我愈来愈觉得维持人类目前庞大人口的能量是来自对自然界的透支。总有一天，自然界会追讨回去。天晓得是什么时候。工业化绝不是解决人口压力的万应灵丹……

哥哥
1980/9/20

小光：

……最近读你前几个月寄来的经书，心里头很不服气，我们的一些考据家，说这也是假的，那也是伪的，似乎古时传下的书都是我们列祖列宗无中生有的。我奇怪我们治西洋史的史家有没有抱相同的精神去怀疑荷马、柏拉图等等著作，甚至拜柏经？……

1981/5/23

小光：

昨晚做了个噩梦，梦见我们那位活在 50 万年前的老祖宗燧人氏对着他的猎罢归来的族人咆哮道："滚！滚！谁跟你们说我取火是让你们用来烤肉的？我告诉你们，我从来也不会存有像你

222

们那种为烤肉而取火的庸俗念头。滚！我取火只是为取火，知道吗？我取火只是为取火而取火！"梦醒，流着冷汗暗自庆幸这不是真的。但还是不明白为什么到今天仍会有人说出为创造而创造的疯话？想想，真可怕，如果有了为艺术而艺术的艺术家，不就会有为政治而政治的政治家、为经济而经济的经济家……最后呢？为下海而下海的陪舞家？

1981/6/6

小光：

……看到报上登的图书广告具有吸引力的很多，像最近鼎文推出的《清史稿》，联经的《历代舆地图》等等……奈何价钱令人望而却步。所以翻印书还是有它们的贡献，虽然违法，但从普及知识的角度看，倒给经济差的人提供了一个购买的机会。

其实，知识本来应该是无私的，不属于任何人、任何一个团体。对所有发明的人给予适当的报酬与荣誉即可，若他们想进一步要求什么著作权、版权、专利权，试图通过这些权谋取财富，相信他们的创作绝对不是永恒的、有益于人类社会的。

自古以来，为真理奋斗的人，最高兴的便是听到有人赞成他，为他传播真理，却没听过有哪位学问上的巨人会为了别人盗印他的思路，闹到衙门。

1981/11/21

小光：

　　……最近读了一套陈致平写的《中华通史》，虽然不错，但我以为仍有缺点，不能完全放弃以汉族一位论中国史的窠臼。这一代的中华民族如果真想互相团结，建立一个统一的国家直到永远，过去那种以汉族观点撰写我国古史的态度是不行了，否则的话，只称得上是汉族史，不是中华民族史。自古以来，我国各族人民对整个中华民族文化文明的形成与发展，均有大小不同的贡献。如果老把建设的角色归功汉族，破坏的角色归罪于其他民族，不但悖于史实，也将种下中华民族离心的隐患，更违反汉族大同思想的真谛。

1982/1/9

小光：

　　……和大多数地区的民族比较起来，我们应当感谢我国古代周民遗留下来的宝贵思想。凭这思想，不但使我境内各民族融合在一起，更使我们懂得应变求变，历久弥新，屹立于世！

1982/2/6

小光：

　　……只要是人，在他们追求理想为理想受到挫折时，怀疑观望、发牢骚、后悔都是极其寻常的事。每当到了一个路口，不是经过一番更新继续前进，就是退下妥协……

1982/2/20

小光：

　……我现在完全相信西方医学认为不能治好的各种眼病（近视、远视、散光等等）在我国医学是可以治愈的。同时，令人惊讶的是，这种方法已经不知使用了多少个世纪了。可惜卅年来却从不曾听到在台研究中医的学者教授们向政府卫生当局大力推介，反让社会上流行着西医所谓只能物理治疗的观念，弄得我们下一代近视眼愈来愈多。冤枉，实在冤枉！

1982/2/28

小光：

　……我但愿学校的音乐教育也终于走上民族音乐的正道（并不是说乐器非用我国传统的不可）。当然身为民族一分子的我们不应只坐着期望，更应在包括音乐在内的各个领域扮演一个积极的角色。

1982/3/20

小光：

　……昨晚看完《六十分钟》颇有感触。以武力横行七大洋睥睨众国号称日不落达一世纪的大英王朝真正成了明日黄花。地中海文化的演变自古以来皆如此收场，不足为奇。第三单元的梅花拳则形成强烈对比。中华文化蕴含的巨大凝聚力甚至在武学中都熠熠发光，让人心折。黄大受说我国武术是经过数千年去芜存菁的结晶。话虽不错,但近几百年来它仍然得和我国文化中含有的其他各种因子一样迎接外来的挑战,最终能通得过考验的才能在这世上存留下来。所谓真金不怕火炼,这场有形无形的战争尚持续进行着,比较脆弱的因子,甫经交手便倒下了,有的则愈战愈勇。倒下的我们不必懊丧,当埋头虚心学习;打赢的,别人也得学我们;不分胜负的,只好再各搞各的,等待下一回合来临。

1982/4/10

小光:

联合国乃是近百年欧洲势力迅速扩张,再经过两次因掠夺殖民地引起的战争后的产物。这一机构自然受到地中海那种"强凌弱"式思想的支配。由于本身历史发展的影响,地中海人以为国家的起源是由于一个民族征服另一个民族并施加奴役而来。中国人的观点自始即与彼不同。你若将两者的文学、历史、美术、音乐,甚至兵书比较一下,便会发现这种差别。而且中国人很早就明白人类平等的真理(非国体之间聪明才智的平等),地中海人则直到今天尚未放弃征服者才是上帝选民的偏见。日本人侵略中国又和美国交战,但在两民族心理引起的反应不一。中国人抱着尽量不念旧恶的态度,美国白人则居然怀敬畏。你相信吗?……

1982/6/19

小光：

　　……半年前记得曾和你提及台湾西医普遍轻视并常以不科学、没理论攻击中医的怪现象。当时我也弄不清中医到底是怎么治病的，只知中医非但能治病，且治得好许多连西医也束手的病。这总是事实。后来我读了一些中医书籍，才发现中医真正伟大的地方，更相信中国医学终将成为世界医学的主流。简单说，无论内、外、伤、儿、五官、妇产科，中医都是建立在经络学说的基础上。经络学说则是累积了我国先民数千年对抗病疾经验之后总结而成，绝非欧美肤浅的病理学可比……

1982/6/26

小光：

　　……谈到我国传统有否产生底①的条件？依我答，问这问题就等于问雅典有否产生尧舜禅让政治行为的条件一样。五十个学生，一人一支笔一张纸（物质基础），便能出现五十张完全不同的画来（人对外在事物不同的反映）。如果给的又是不同的材料呢？底，不过是自有生民以来无数活动中在某一特定时间、地点、族群（雅典的一小撮希腊人）的特定行为。即使我们相信现代西洋史家的幻想（他们能依赖的文字信史与汉民族留下的相比，微不足道），该特定行为也仅维持了 90 年（见 Will Durant 文明史，

---

① 底：底妈克罗西（Democracy），即民主。

227

册5,页180),而且照他描述的来看,并无值得大书特书之处,更没有持续影响到后世(同期周民族使用的政治方法,其团结起来的人,在数量上及时间、空间上均非雅典能比)。从故纸堆中重提底是1950年后美国为了对抗另一集团用来自我标榜而起。很可能是对方国号大量使用底与瑞①? 当然,我们必须承认美国在独立后的政治形态是与欧洲国家有些不同,但它所以能摆脱王朝政治的窠臼,最重要的是他们得到天时(人类技术已进步到了某点)、地利(美洲新地)、人和(谁也没有与生俱来的强大特权、财富),绝非他们拥有特殊政治才能。事实上,详考中西历史,汉民族在政治才能的表现上远胜其他民族。先秦的封建制度不提(以宗法制度为基础),汉的贤良方正、魏的九品中正、隋开始的科举,都是试图从"全民"(汉人根本没有什么公民与非公民的思想)中选出优秀分子参与政治,可惜在遭遇地中海文明打击前未脱离王朝世袭的制度。虽然,但当中国人决心改变政体后,却可能是旧大陆中唯一义无反顾(袁世凯称帝、张勋复辟只算小插曲)而且还是仅次于法国第二个成立瑞政权的国家。不过,如果中国人扬弃君主世袭的目的为的是救亡图存,我们千万可别天真地以为成立了瑞就算买了保险。历史告诉我们:建立瑞的国家既不能保证不被侵略,也不能保证不侵略别人,更不能保证不发生内乱。事实上,无论希腊、罗马、近代白人建立的美国,他们好战、侵略,对待

---

① 瑞:瑞士怕不里克(Respublic),即共和。

异族使用的残酷手段,均能令汉民族咋舌。其次,该政权下所产生内乱的频率也只多不少。汉民族活动的疆域在秦统一之后几乎没有变动过,若非我国其他民族(蒙、满)入主中原后向外扩张,我国不会有今天的局面。记得否?孙中山先生早期曾提"驱逐鞑虏,恢复中华"的口号。至彼时还只想把满人赶出关外了事。这与罗马人追到北非把迦太基人赶尽杀绝,与已占领了北美东部的欧人继续喊"注定的天命"不断西进,是多么不同。假使仅是为了寻求侵略、扩张、奴役别人而实行瑞,那还不如劝大家一起来实施我国汉民族的天子政治呢!本来说天子政治不合乎民主便与历史相悖,这全是推卸责任的一种说法。替我们亿万祖先卸责,就像德国人将战争责任推到希特勒一个人身上。(今天日本政府为过去的天皇罪行翻案。难道日本全体人民不该负责?)皇帝也罢,国王也罢,首相也罢,总统也罢,小到一个街头小帮派的龙头,大到一个部落国家的共主,总会有带头的。不论他们产生的方式如何,在该单位内部皆为民主。

1982/8/20,28

小光:

　　你八月卅一日信问:如何描述现今美国的政治方式?一言蔽之:见钱眼开、唯利是图的无赖政治。从希腊罗马以降,地中海政治的传统一直是把自己(征服者)的快乐建筑在别人(被征服者)的痛苦上。冯作民在他《罗马兴亡史》页823写道:罗马人是一个典型的剥削阶级,罗马城就是剥削阶级的大本营。这种依靠剥削的"榨取经济"绝对不能算是文化。因为罗马人的生活是野蛮的,所以他们的生活也就完全仰仗"野蛮经济"来维持。你若研究过罗马瑞士怕不里克时期,便会发现美国与它有许多相似处……

1982/9/18

小光:

……关于什么是民主,我的意见已经在前几封信中提过。我以为今日中国学术界的首要工作是集中全力重新整理出一套对其他文明的认识。这认识应建立在我们自己收集翻译其他文明古物、古籍的基础上。近代中国学者迫于情势,对自己的古书经常怀疑过度,对别人的二手三手资料则毫无保留地相信。过去,中国学者为搞清佛学里的矛盾千里跋涉亲赴天竺,为了什么,研究一手资料,回来再重新翻译佛经。假使今日我们连文艺复兴以前的地中海古籍都尚未有完整的译本,仅听欧美当代史家胡说八道,断章取义,那我们也实在太容易满足了。

1982/9/25

小光:

……汉人学者有个毛病,人云亦云,牵强附会,人说彼是蒙古利亚种,彼即点头,绝不寻思蒙古一词何时始出现于历史舞台!人说已有悠久的底、瑞政治优良传统,彼不是拼命从史书找出一个周朝也有过瑞(共和? 误会!)来证明彼亦优越,便是拼命否定先民所为之一切，亟亟然祈人施化！戴震在《答彭进士初书》中曾痛心疾首斥责此一现象（当时针对释教），你应抽空一读。李剑农犯了同样毛病，似乎在人家历史上有过的，不论鸡粪、狗屎，假使在己之历史找不出一个规格就觉很没面子。他不但试图把奴隶与地中海的"奴隶"串连，更试图把臣、妾和"奴隶"串连（先秦卷页12）。他的说法令我无法解释左传僖公十七年晋惠公给儿子、女儿取名的故事。另一个笑话是以为古时被用来做牺牲或殉葬的一定是"奴隶"无疑。李剑农一定没读过左传僖公二十一年鲁公欲焚巫尪故事，文公六年秦伯任好卒以子东氏三子为殉故事，否则不会妄下此论！比较文化、比较历史不是这般比法，请问为什么没有人将印度种姓制度往自己身上套？

　　回到中人古代①政治是否非民主②老问题，我们必须知道中国古代政治思想建立的基础。自己有文字记载，黄河民族即认为彼此源自同一祖先而且已经发展出一良好的伦理秩序，在此秩序的顶点，事实上就是族长。族长的产生，上古时是以对人民有功者，黄帝、尧舜、禹等。后来被继承制取代，随着姓氏制③形成发展，最后终于完成了嫡长子继承。在这种基础上，黄河民族以为政即是正，君为正则百姓从而正矣。同时强调德的作用，如果君不实施德政爱民如父母，政权随即会崩溃。对异族也主张以德

---

① 仅指黄河民族，匈奴、蒙古方式不同。
② 指现代意义人民做主说法，古代意义是人民的领导。
③ 记得欧人姓氏迟至十六世纪才完成！

化,我列举十个左传故事为证:(一)隐公四年事;(二)桓公六年事;(三)庄公三十二年秋七月事;(四)闵公二年冬十二月事;(五)僖公十九年夏事;(六)僖公二十五年夏四月事;(七)僖公二十八年楚杀其大夫得臣事;(八)僖公二十八年城濮之战事;(九)文公六年秋事;(十)文公七年夏四月事……

1982/10/2

小光:

……自古中国已有"以义为利还是以利为利"之争(史前史不必提它),所谓义当然是指"以天下之财与天下共理之",所谓利则是"取之于民而用以自利"。但,如你所说,有几个既得利益者会说彼时的制度不好而愿改变? 谁错谁对有时还真难分。其次需知革命的动力并非一定不会由上往下……当然,假使当一个社会内部的矛盾发展到了极端对立的时候,当权者仍不知变、不肯变,便免不了一场屠杀,然后白骨堆上再重新建立一个政权……

1982/10/23

小光:

能引起普遍共鸣的伟大艺术品绝非无中生有。脱离了自己民族的土壤、脱离了自己文化的滋润,总得落在异地生根,自异族吸取养分。可是,尔后产生出来的作品,即使真能流传千古,也已经是别的民族的光荣,不再是自己的了。

在美时，我有过一个同学，家里从广东移居美国不过三代，但竟然不承认自己是华人。当时，我很奇怪，后来想想，他没错。白人所以仍怀有自己是爱尔兰、苏格兰、日耳曼、希腊、意大利、犹太民族后裔的意识，除了他们身上流着那些民族的血液，更因为他们继承了那些民族的文化。而我这个同学，虽有一头染不黄的黑发，一双变不了色的黑眼，全身没有一丝中国人，不，甚至东方人的气息。他说他不是华人，又有什么不对？

你那位作曲朋友或许还不至于否认自己民族的身份，其实比公然否认自己的人好不到哪里。痛心的是，此处教育受得愈高的人愈有这种"认异"思想！如果不是杨丽花为我们守住了块广大阵地，后果不堪设想！所幸近年来已有一股风气逐渐形成，许多人开始肯回过头来看看自己的东西了。不论他们是怀抱着什么态度来看，我个人以为经历了几千年考验的中国是不怕看的。

1982/11/20

小光：

……全盘西化派垄断台湾教育出版界卅多年，搞得民族自信心沦丧殆尽，不论什么事，若不能得到一个黄头发的肯定，自己便畏首畏脚地放不开！这样下去，我们迟早会步上埃及后尘，变成一个永远只知怀念过去光荣的民族了……

1982/11/27

小光：

……社会风气事关民族存亡。不改不行。国父纪念馆禁止展出裸体画是对的。可是如果说不出个理来，这问题便不断会被提起。你想过这问题没有？为什么我们看到非洲裸体的习俗就不觉淫，看到古希腊罗马、文艺复兴的艺术品也不会，而看到今日欧美的就会？症结是否在被画的对象呢？

1983/1/15

小光：

……马来西亚是否能真正成为马来西亚人的马来西亚，只有靠他们自己努力，互相容让，互相帮助，互相跟对方学习，除此之外又能有什么更好的办法？这个世界上，在过去，在今天，马来西亚不是唯一拥有不同民族的国家，团结不起来的如奥匈帝国，如罗马帝国，最终仍难逃分裂崩溃。团结起来的如瑞士，如中国，便能成长壮大。

话虽如此，等你清楚地研究过问题所在，看看你有什么更好的见解，当然我们倒不是想越俎代庖，不过，既然我们的亲人也是马来西亚人，想到什么好办法，多少有帮助。

1983/3/26

小光：

……吸收别人的东西并不可耻，只要细加辨识……拿目前东南亚国家所面临的局势来讲,为了求生存,他们便应晓得知己知彼百战百胜的原则,而这原则却早在中国人两千多年前的著作《孙子兵法》中即阐明,直至此一世纪,任何想生存下去的聪明民族更没有不把这本书译成他们自己文字的。我就不相信马来人读到《孙子兵法》的译本后,还会排斥中国的东西……中国人拥有优秀(公正、确实)的史学传统,绝非继承希腊的欧洲人所能比……

1983/4/9

小光:

作为一个学者,我们要训练自己有"识几"的功夫。换句通俗话说,即是要有"先见之明",像张良以及诸葛亮那样,你懂吗? 纵使张良未遇刘邦,诸葛亮未识刘备,也不能否定他们心中已经有的安邦定国计,是不是? 虽然,历史上或许不会有这两个人的事迹了。

我说过许多次,文化不是仅止于外在形象的表现,应有更重要的一点:一个民族对外在环境奋斗的经验累积,如何克服问题,解决问题,不单是对物、对事,更有对人的方法。

由于中国人拥有长期累积的经验并以文字记载下来,只是因为民族主义的情绪作祟而想逼他们放弃那些宝贵的果实重新结一个,绝不是明智的作法。

1983/5/7

（附注：以上三封信，是我在马来西亚时，戴华光所写的，此处所说"因为民族主义的情绪作祟而想逼他们放弃"，是指马来西亚政府想逼华人放弃中华文化。）

小光：

……历史虽非现实，现实却是未来的历史，是不是？其实信什么教都无所谓，天不在乎形式。除了自己，人又能从哪里寻找皈依？

1983/11/12

小光：

……世界一词于近代因是从欧文 WORLD 一词翻译过来，而 WORLD 一词在欧人的意识里，就等于古时中国人说天下指的仅是自己的文化圈。近人不察，每遇欧人著书立说如用 WORLD 一字便通通认定是当时或现在整个地球上发生的事。当然最近几世纪的情势造成欧人自大的心理，也会使他们有意促成此现象。于是，我们出版世界文学名著、世界伟人传、世界史就全或几乎是欧美人的天下了，不足为奇。好在只是过渡期的病态，将来会变的！

1983/11/19

小光：

修善积德才是消灾生福之本，佛毋须外求，原在每个人心中。平常作恶造孽，纵是日日教堂庙宇礼拜亦徒劳……总之一句话，求人不如求己……

1983/11/26

小光：

……水中拯溺，以前一直以为只有两种情况：一是溺者本身已略具水性，这种人纵然救者技术差些也好救。一是溺者完全不识水性，这种人非救者技术高明，否则难救，甚至同遭灭顶。如今，似乎可能还有一种因过去无缘，故连想都不曾想过。你说，如果遇见了一个溺者，不但拒绝你的援手，反惊慌失措地反问你："老兄，你想干啥？你难道不知我自己都快挺不住了？"这时，你该如何？游回岸上吧！一辈子生长在沙漠里的人掉到水中，大概就会这么说。

今天在台湾，多数人均呼吸惯了西风吹来的沙，除非他自己肯试着转过头来喝一口东风送来的水，谁也帮不上忙的！

1983/12/31

小光：

……你如果想真正体会"心即是佛"的境界，唯有打坐。打坐不是说光坐就成了。必须摒除一切念头，令脑中保持一片空白。

何谓一片空白？平时我们听到外界有什么议论,总会在脑中引起是非、善恶种种判断之念。打坐时听到则须做到充耳不闻,当它耳边风。换句话,不去思、不去想,管它是与非、善或恶。如此,即使不念咒,每个人的真如本性经过一段时间自然在体内涣现……佛不在佛经内,而在每个人本能内。光看不练,永远是门外汉!

1985/4/6

小光:

　　……"佛法无边,唯信能入"……"若无恭敬心,佛法求不得"……

1985/4/13

小光:

　　……不论为了什么缘故,开杀戒就是离经叛道……

1985/9/27

小光:

　　……真不明白为什么某些无党籍的人士迄今还不了解台湾独立是根本没有前途的。你想,这四十年来所有台湾省人辛辛苦苦积攒的钱全以外汇方式存在外国。一旦台湾独立,我们能把这钱要回来吗?要不回来,这日子将来怎么过?也就是这样,统一大业迟迟不能完成。非等大陆经济发展到解放后足以维持台湾目前的物质生活水平，才愿动武……

　　……过去我曾说"心存善念，做错也对"，并不正确。即使为了救自己同志而开自杀车炸死无辜或所谓的敌人，都不行，死后一定下地狱。吴凤的做法没错。只有靠牺牲自己，以感化的方式，才能成佛，至极乐国土……

　　……假使众生侵犯你，为了自卫、为了生存，在不得已情况下，也应尽量忍耐，以不伤害他生命的方式抓他、捕他。比如抓虎、抓狮、蚂蚁、蟑螂亦同。

1985/10/3

小光：

　　记得我曾说过这么一句话："心存善念，做错亦对；心存恶念，做对亦错。"事实并非如此。想想，天下所以烽火不熄，哀鸿遍野，就是因为有太多的人自以为是，不论为了何种理由，争领土、搞世界革命、为救自己的同志而劫机残杀无辜，结果呢？冤冤相报，永无了期！……救人一命，胜造七级浮屠……

1985/10/12

小光：

　　……这两年多来，我们已确信人外有人、天外有天，人并非万物之灵，是不是？孰能无过？坚持"善念"把稳舵，相信总有善报的！

1985/11/16

小光：

……"佛在灵山莫远行，灵山即在汝心头"……

乙丑年十二月一日

小光：

……静坐修起头难，多行善事，诚心礼拜，自会有奇迹。敬人者，人恒敬之。敬佛者，佛也敬之、助之……

丙寅年五月二日

小光：

……什么知识也没有佛智开时见得真见得实……为什么说无我呢？因为一个人如果不忘了自己的存在，便会不断和他人计较、竞争，烦恼此起彼落，如何静下来修啊！

丙寅年十二月十一日

附录二:绝食血书

一、本人三月二十二日为同案兼难友刘国基返家奔丧而向贵监诉愿之"紧急关切书",迄未核准见覆。刘君居丧期间,监狱长、副监狱长、主任等官员,竟无上门唁慰。真天下第一忍人也!

二、刘君依法请愿,词恳意切地谏争合法权益,贵监竟违法滥权,悖逆孝道,弃基本人权于不顾,欲置他于死地而后快,令人切齿心寒。刘君外貌虚胖,且曾患支气管炎及肺炎,贵监档内病历可稽。果其然,今(三月二十四日)早,刘君支气管炎已复发了。

三、站在同案、难友及人道立场,为救他命必先舍己命,因此,本人坚决自三月二十五日开始无限期绝食,以死见志。

四、为防去年难友白雅灿绝食期间,居心不正者谣传白君偷吃牛奶、肉干,以诬蔑政治犯人格之下流伎俩,本人将缴出房内所有食品(包括治病之胃肠药及各种维他命丸),请贵监派员清点、封存,并欢迎随时临检,以正视听。

五、以上可为,如有助刘君所愿并保障往后所有政治犯之合

241

法权益及人格于万一而死得其所,则本人将含笑九泉矣!

此致

绿岛监狱

政治犯赖明烈　具

公元一九八五年三月二十四日　写于火烧岛

后　记

　　这是发生在上世纪七十年代历史激流中一个家庭的真实故事。

　　自母亲过世，这个故事就开始在我心中酝酿。近二十年来，每当夜深人静，就会有一个声音在我耳边频频催促，似乎不写出来，我的身心就无法得到安顿。

　　为了完成这部纪实性的作品，近十几年来，我不断探寻及搜集资料，前往大陆、港台各地寻访当事人和知情者。我所以要费尽心血，查询真相，不在于批判控诉，也不在于奢求平反，而仅是想以自己的方式去接近历史，去触摸伤痛，来努力弭平伤口，以告慰父母的在天之灵。

　　而且，我以为历史的真相需要不断补充，历史的延续需要不断述说，只希望后人引以为鉴，历史不再重演。

　　写作的过程是相当漫长和艰辛的，三年的书写，我几乎是和书中的人物一起生活。每天对着电脑屏幕敲打着键盘，长期下来，我曾经视网膜脱落的左眼再度出血，而且在书写中，眼泪经常会不受控制地流下来，有时甚至难以为继。

这本书能完成，我要特别感谢王蒙先生和李昕先生。

因为在一次偶然的机缘中，我和李昕讲述这个故事的小部分时，他已被打动，鼓励我一定要写出来。由于他是中国非常资深和知名的出版家，能得到他的首肯，给了我很大的信心。

更让我感动的是2015年刚荣获"茅盾文学奖"，又在国际文坛有着崇高声誉的王蒙先生，他为了激励我尽快完成这部作品，在百忙之中还主动提出为本书写序。

此外，我也要感谢在中国现当代文学领域深具影响力的评论家陈思和教授特别为本书写推荐语。他对本书的高度评价，顿时平抚了我原本一直忐忑不安的心情。

感谢上海三联书店的陈启甸社长、黄韬总编，敢于担当，愿意出版此书，以及责任编辑吕晨的认真、耐心，出版过程中一直和我分担分享苦甘，我都会铭记在心。

当然，我也要借此书，向所有协助父母安葬故土的亲朋好友致谢，向那些坚持和平正义、发扬中华文化并致力于促进两岸关系健康发展的志士们致敬！

戴小华

2016 年 12 月 3 日

图书在版编目(CIP)数据

忽如归：历史激流中的一个台湾家庭/戴小华著.—上海：上海三联书店,2018.3

ISBN 978-7-5426-5748-0

Ⅰ.①忽… Ⅱ.①戴… Ⅲ.①回忆录-中国-当代 Ⅳ.①I251

中国版本图书馆 CIP 数据核字(2016)第 262367 号

忽如归：历史激流中的一个台湾家庭

著　　者 / 戴小华

责任编辑 / 吕　晨
装帧设计 / 周伟伟
监　　制 / 姚　军
责任校对 / 徐敏力

出版发行 / 上海三联书店
　　　　　 (201199)中国上海市都市路4855号2座10楼
邮购电话 / 021-22895557
印　　刷 / 上海展强印刷有限公司

版　　次 / 2017 年 1 月第 1 版
印　　次 / 2018 年 3 月第 3 次印刷
开　　本 / 890×1240　1/32
字　　数 / 220 千字
彩　　插 / 8 页
印　　张 / 8
书　　号 / ISBN 978-7-5426-5748-0/I·1177
定　　价 / 36.00 元

敬启读者,如发现本书有印装质量问题,请与印刷厂联系 021-66510725